新 潮 文 庫

さまざまな迷路

星　新　一著

新 潮 社 版

3007

目次

さまざまな迷路

全快

「このあいだから、なぜということもなく、自分に借金があるような気がしてならないのです。先生、どういうことでしょう」

ひとりの青年が病院へやってきて言った。神経科の医師はカルテを見ながらうなずく。

「借金がですか……」

「ぼくはこの一年のあいだに、新進の作曲家としての地位をきずいた。ヒット曲もいくつか作った。才能にめぐまれ、ガールフレンドにも不自由しない。それなのに、なぜこんな不景気な気分にとらわれるのか……」

「不景気な気分ですか。なるほど、そんな傾向がでてきましたか。よろしい、できうる限りの手当をして、かならず治療してさしあげます。さあ、そのベッドに横に……」

青年は横たわり、治療が進められた。だが、青年は叫ぶ。

「なんだか、変ですよ。借金のことが、ますます頭のなかで鮮明になってきます。一方、音楽へのインスピレーションが、ぴたりととまってしまった。ガールフレンドたちの名も顔も忘れてゆく……」

「それでいいのですよ。あなたは一年前に、道でころんで頭をうち、記憶喪失になっていたのです。やっと正しい記憶がとり戻せたというわけです。治療のしがいがあった。おめでとうございます。うれしいでしょう」

青年は完全に過去の記憶をとり戻した。借金の山と、不美人の妻と、会社の金をつかいこんで逃げている身である自分のことを。

町人たち

「あなた、聞きましたか。浅野内匠頭《あさのたくみのかみ》が殿中で吉良上野介《きらこうずけのすけ》に切りかかり、やりそこなって切腹を命ぜられたとか……」

「聞いたとも。面白くなりそうですなあ。なるといい。かたき討ちに発展すべきだ」

「集団でのかたき討ちは、法で禁止ですよ」

「法なんか、なんです。おれたちは娯楽にうえてるんだ。おれたちはいつも武士にぺこぺこしている。その代償に、武士はあっということをやって見せてくれるべきです」

「そば屋さん。あんた商売へたですねえ。きっと赤穂の浪士でしょう。ほら、どぎまぎした。かくさなくてもいいですよ。われわれはみな支持者です。期待してますよ。がんばって下さい。そうだ、わたしの知合いに、吉良家に出入りの商人がいます。こんど情報をもらってきてあげますよ」

「うちには吉良邸の図面があったはずだ。お貸ししますよ。派手におやんなさい。想像するだけでも、ぞくぞくするなあ」

「ぐずぐずしていると、吉良老人が死んじゃいますよ」

「とうとうやりましたなあ。胸がすっとしました。浪士たちはみな切腹だそうですな」

「法をおかしたのだから仕方ないでしょう。いさぎよいところがいいし、ひと区切りもつく。生きてられて威張られちゃかなわん」

「また、なんか起ってほしいですな……」

使者

一台の円盤状の物体が飛来し、地球上に着陸する。人びとの見まもるなかでドアが開き、宇宙人がひとり、にこやかな表情と動作で出てくる。外見は地球人と似ている。みなの緊張がほどける。

だが、つぎの瞬間、予想もしなかったことが起る。円盤が爆発し、宇宙人のからだが四散。もちろん即死。青ざめる関係者たち。

「なんということだ。この宇宙人の星のやつらは、事故だと信じてはくれまい。連絡の途絶で、われわれにやられたと判断するだろう。そして、地球を野蛮な星と思い……」

こうなったからには、対策はただひとつ。なかったことにする以外ない。宇宙人なんか来なかったのだ。だれも円盤など見なかったのだ。爆発などなかったのだ。

あたり一帯が徹底的に調査され、破片がひとつ残さずしまつされ、放射能は中和され、事件のあとは完全に消される。さらに報道管制。このことが一般に知れたら、社会不安で大混乱が発生するだろう。

問題は目撃者たち。みな神経科の病院へと隔離される。暗示療法。あれは悪夢だったのだ、あなたの狂気の幻影だ、忘れるのです。そして、正常にもどりなさい。忘れるのです。

やがては最高責任者さえも、あれは幻覚だったという気分になってくる。

すべてが忘却のかなたに去ったころ、一台の円盤が飛来し着陸し、にこやかな宇宙人が出てきたとたん、それが爆発する……。

重要な任務

昼ちかく、ベッドで眠っていると、電話のベルが鳴った。受話器を耳に当てると、相手の声が言った。

「もしもし、聞こえますか」

おれは答えた。

「ちっとも聞こえねえな」

「それはいけません。すぐ耳の医者に行くべきです。一時間以内にどうぞ」

「わかったよ。そうするよ」

おれは起きあがる。頭のおかしい者どうしの会話ではない。これは合言葉であり、暗号なのだ。すなわち、一時間以内に本部へ出頭しろとの、上からの指令なのだ。

おれの属している〝組織〟は、公然たる存在ではないが、世界のあらゆるところまで根をはる強力なものだ。隠然たる勢力というやつだ。これの一員になりたがるやつは多い。おれだってそうだった。

おれも加入できた時は、うれしく得意だった。他人に自慢するわけにはいかないが、大舟に乗ったみたい。そんな感じだった。しかし、しだいにその感激はうすれてきた。ずっと、たいした仕事をやらせてもらえなかったのだ。街頭での連絡係とか、つまらない見張りとか、緊張しつづけでぼんやりと立っているようなことばかりだった。

おれは昇進したかった。〝組織〟の上のほうに進めれば、きっと楽しく、やりがいのある仕事があるにちがいない。陰謀と刺激と活気にみちた、なにかを感じることができるはずだ。だが、どうすれば昇進できるのかわからなかった。つまらん雑用を失敗なくつづける以外にないのだろうか。そんな気分で日をすごしてきたのだが、それにもがまんしきれなくなったところだった。

そこへ、この電話だ。おれは胸がおどった。チャンスがめぐってきたようだ。本部へ出頭せよというからには、なにか大仕事をまかされるのだろう。よし、張り切ってやりとげてみせるぞ。

おれはひげをそり、身なりをととのえて外出し、本部にむかった。本部はあるビルの地下室にある。地下室といっても、うすぐらく、しめった場所ではない。エアコンディション完備の、明るい照明の、広く豪華な部屋。

やがて、幹部がおれを呼び出した。さらに、もうひとりの男が呼び出されてそこに来た。おれと同様の、〝組織〟の下っぱなのだろう。あまり強そうでもなく、さほど優秀そうでもない。横目で見ると、緊張のためか少しふるえている。もっとも、そいつだっておれを見て、

10000

そう思っているかもしれない。

おれたちは机の前に立つ。幹部はゆっくりした、だが明瞭《めいりょう》な口調で言った。

「きみたち二人に、重要な仕事をたのみたい。どうだ、やる気はあるか」

おれたちは同時に答えた。

「はい、自信はあります。〝組織〟のために、より大きくつくしたいと、いつも思いつづけでした。ぜひ、やらせて下さい。どんな仕事なのでしょうか」

「その決意を聞いて、たのもしく思う。きわめて重要な任務なのだ。すなわち、これなのだ」

幹部は壁にはめこんである金庫をあけ、なかから小さな包みをとり出し、机の上に置いた。派手な花もようの紙に包んであり、リボンでむすんである。香水かなんかの化粧品、ボンボン、アクセサリー、そんなものが入っていそうな感じがした。しかし、おそらくそんな内容ではあるまい。わが〝組織〟に似つかわしくないからだ。おれたちは言った。

「それはなんで、どうするのですか」

「内容は言えない。極秘であり、重要そのものの品なのだ。で、きみたちへの命令だが、これをA国の支部へとどけてもらいたいというわけだ。確実にやりとげてもらわねばならぬ」

「わかりました。必ずやりとげます。取扱いの上で注意すべきことは……」

「決してなかをあけようとしないことだ。あける権利のあるのは、A国の支部の責任者だけだ。少しぐらいの衝撃でこわれるものではないが、ていねいに扱ってもらうに越したことはない。水のなかに落さないよう気をつけてくれ。この派手な包装が気になるかもしれないが、これはカムフラージュの手段だ。これだと、わが〝組織〟の重要物件が入っていると気づかれずにすむ」

「わかりました」

「途中で紛失しないようにたのむぞ。夜の睡眠は交代にして、見張ってもらいたい。そのため、きみたち二人を一組にして仕事を命じたのだ」

「はい。いかなることがあろうとも、A国の支部までとどけます」

「よし、では、すぐ出発してくれ。旅行に必要なものは、金銭をはじめ、すべてここに用意してある……」

幹部はA国支部の所在地や、そこでの合言葉を教えてくれた。また、途中からの連絡はしないよう注意した。他にかんづかれるもととなるからだそうだ。

かくして、おれたちは出発することになった。しかし、おれと同行する相棒は、あまりたよりにできそうな人物じゃなかった。おれだって、いばれたものじゃないが。だから、幹部は二人を一組にしたのかもしれない。

「まあ、よろしくたのむよ」

と相棒が言った。おれは包みをポケットに入れながら言った。

「ひとまず、おれが持つことにするよ。さてと、もう夕方だし、あすの飛行機に乗ることにし、きょうは空港のそばのホテルにとまるとするか」

「そうしよう」

おれたちは空港のそばのホテルについたわけだが、駐車場の暗がりで、なにものかに襲われた。おれたちは背中に拳銃《けんじゅう》のようなものを突きつけられ、声を聞いた。

「おい、さわぐなよ。だまって、例のものを渡せ、さもないと……」

おれたちは、びくりとして足をとめる。こいつらはなんなのだ。例のものなどと言っている。本部を出てから、あとをつけられたのだろうか。おれは平気をよそおって言った。

「人ちがいじゃないんですか。なんのことやら、心当りがない。いったい、例のものって、なんのことです。ちゃんと品名をおっしゃらなければ、答えようがないでしょう」

「つべこべ言うな。例のものだけで、わかっているはずだ。われわれはすべてご存知なのだ。こっちは、この消音器つき拳銃の引金をひき、そのあとで取りあげることもできるんだぞ。そうしないのは、むだに血を流したくないからだ」

そう言われ、相棒はふるえ声で言った。

「こんなことで死にたくない。死んだらなにもかもおしまいだ。こいつらの言う通りにしよう」

「しようがない。例のものとやらを渡すよ。このカバンのなかだ」

おれが言うと、声の主はカバンをひったくり、逃げていった。おれは相棒に注意する。

「あとを追うな。射殺されたらつまらんぞ。しばらく、じっとしていよう」

おれたちはホテルの部屋でひと休みした。おれはポケットから例の包みを机の上に出し、相棒に言った。

「カバンに入れとかなくて助かったぞ。おれたちは運がいい」

「もしカバンに入れておいたのだったら、さっきはどう行動しただろう」

「どうもこうもない。同じことだろう。奪われちゃったというわけさ。殺されては、みもふたもないじゃないか。きみだったらどうする」

「やっぱり同じだろうな。そりゃあ、〝組織〟の命令も大切だが、こっちの命にはかえられない」

「まったくだ。幹部のやつら、おれたちの生命のことを、どのていど心配してくれてるのだろうか。こんな危険にあうのなら、護衛をつけてくれるべきだ。おれたちの安全より、品物のほうが大事らしい。どうせおれたちは、すぐ補充のきく部品のような存在だ」

「幹部がその気なら、こっちも適当にやったほうが賢明というものだ。さあ、寝よう。交代で起きてることもあるまい。パジャマのポケットに入れて寝ればいいだろう」

つぎの日、おれたちは飛行機に乗り、国外へ出た。しかし、きのうのようなことがあるとなると、よほど注意せねばならぬ。A国へ直行するのは考えものだ。おれたちは途中でおり、例の品をねらう一味の目をくらますことにした。

ホテルにとまる。おれたちがバーで飲んでいると、若く美しい女がやってきて、席に加わった。いい気分だった。そのうち、女が言った。

「あなたがた、お仕事の旅行なの……」

「まあね」

「すごいものをお持ちなんでしょ」

女が言う。おれはポケットのなかの例の品のことを考え、どきりとした。

「なぜ知ってるんだ」

「ほらね。あたしには、ちゃんとわかってるんだから。そうあわてないで。あたしをつかまえ白状させようとしてもだめよ。といって、あなたがたを痛めつけるつもりもないから、安心なさっていいわ。あたし、手荒なことはきらいなの」

「いったい、どういうつもりなんだ」

「取引きしましょうよ。例のものを、ちょっと貸して下さればいいのよ。そちらに損な話じゃないと思うわ。大金をお払いするのよ……」

女は金額を口にした。おれたちは目を丸くした。すごい大金。整形手術で顔を変え、当分のあいだ遊んでいられるほどの額だ。おれたちは部屋に戻り、鍵《かぎ》をかけて相談した。

「どうだ、悪い話じゃないと思うが」

「すごい大金だ。〝組織〟に入っているより、そのほうがいいぞ」

「まったくだ」

相談はきまった。命をねらわれ、へたなことになるより、命のあるいまのうちに大金を選ぶのが常識というものだ。おれたちはバーに出かけ、さっきの美人に結果を伝えた。

「取引きに応じることにしたよ。さあ、約束の金をくれ」

「お金はお払いするけど、包みのなかを見てからよ。あなたがたがべつな包みを用意し、それでごまかそうとたくらんでるかもしれないし。大金を払うからには、だまされたくないわけよ」

「いや、そんなことはない。信用してくれ。例の品にまちがいないのだ」

「世の中、そう甘くはないわよ」

「じゃあ、半額にまけるから、代金引換えにしてくれ」

「だめ。なかを見ないうちはね」

「うむ。考えさせてくれ……」

おれたちはまた部屋で相談した。金と引換えならいいが、なかを見てからとなると話はべつだ。なかを見てから、これじゃ金は払えないとなったら、大金にもありつけず、〝組織〟からはおこられるという、どっちつかずの目にあう。

大金に未練はあったが、おれたちは取引きをあきらめることにした。そのうち、もっと条件のいい相手があらわれるかもしれない。ひそかにホテルを抜け出して、飛行機に乗って先へ進んだ。

いったい、なかみはなんなのだろう。おれたちは話しあったが、わからなかった。襲われたり、取引きの話があったり、よほどのものらしい。新兵器の設計図か、新種の強力バクテリアか、麻薬か、大きな宝石か、持った感じだけでは見当がつかなかった。うまく売れば、とてつもない金になる品にちがいないようだが。

おれたちは、気になっていらいらした。ちくしょう。いっそのこと、あけてみるか。しかし、その決心もつかなかった。爆発物や毒ガスかもしれないのだ。機密保持のために爆破装置がついていて、へたにあけると、どかんとくるかもしれない。

「あけたとたん、二人ともすっ飛ぶかもしれないな。そしてだ、命令をまもらぬ者はこうなるとの、みせしめにされる。そんな計略かもしれないぞ」

「考えられることだな。〝組織〟の幹部たちは、冷酷そのものだ。〝組織〟の強化の役に立つのなら、おれたちの命だって、平気でみせしめのために利用しかねない。あのばかやろうどもめ」

まったく例の包みを眺めていると、いらいらしてくる。なかに厄病神がひそんでいるような気になってくる。このおかげで、おれたちは殺されかねないのだ。

「こうと知ってたら、航空便で送ればよかったな。A国の郵便局で受け取るようにすれば、へんに気をつかわずにのんびり旅ができた。幹部にはわかりっこないんだから」

「まったくだ。そのほうが気楽だった。こんどからそうしよう」

それにしても、包みのなかが気になってならない。

「いっそのこと、税関でむりやりあけさせられることにならんかな。そうすれば、おれたちの責任じゃない。〝組織〟だって、おれたちに文句はいえないはずだ」

「それに、なかみもわかるしな」

しかし、税関では包みを調べようとはしなかった。ただのみやげ物といった外観なので、怪しまれなかったのだ。おれたちはいささかがっかりした。

その時、気のゆるんだすきをつかれた。横から出現したかっぱらいが、その包みをつかみ、逃げだしたのだ。おれたちはあわてた。ただで盗まれるぐらい、ばかげたことはない。金にもならず、責任だけ追及されることになる。おれたちは必死に追いかけた。

それこそ必死だった。息をきらせて走り、道で自動車にひかれそうになり、すべったとたんに靴《くつ》がぬげ、はだしで追いつづけた。そしておれたちは飛びついた。

かっぱらいは包みを捨てて逃げ、おれたちはほっとした。しかし、飛びついた時、おれは足をくじき、相棒はひっくりかえって手の骨にひびを入らせた。

「やれやれ、やっと取りかえした。しかし、さんざんな目にあったな。いいことは、ひとつもなしだ。こんなこと、幹部の連中はわかってくれないだろうな」

「どうだろう。これからA国支部へ直行し、これを渡して任務終了としてもいいのだが、どう考えてもばかばかしい。まだ旅費はたっぷりあるんだ。使い残すのもしゃくだ。おたがいにけがをしているんだし、どこかで休養してからにしようか」

「いい案だ。いつまでにとどけろとの期限もなかった。保養地でのんびりしよう。しかし、この包みはそのあいだどうする」

「ホテルの金庫にしまっといてもらえばいいさ。なくなることもあるまい。おれたちが話をあわせ、安全の確認ができないので、一時、身をかくしたということにしよう。また、けがも重傷だったことにしよう」

「そうだ、それが賢明というものだ」

おれたちは、海のそばの気候のいい観光地のホテルに滞在した。まったく、豪華な気分だった。のんびりできたし、料理も酒も高級だし、美人もいたし、ルーレットもできた。ホテルは信用のおける一流のもので、包みの紛失する心配はまるでなかった。また、怪しげなやつにつきまとわれることもなかった。

おれたちはルーレットでもうけ、さらに豪遊した。しかし、もうかりつづけというわけにもいかず、やがて金も残り少なくなってきた。ホテル代を払うと、A国支部までの交通費だけとなった。そろそろ出発しなければならぬ。おれたちは、ホテルにあずけておいた包みをかえしてもらった。

「べつにあけられた形跡もない。これでいいのさ」

「これを売りとばし、もっとここで遊んでいたいが、買手もあらわれそうにないな。残念ながら、出発することにしよう」


というわけでおれたちはA国の支部についた。そこの幹部にあって言う。

「本部より命じられた、問題の品を持ってきました。お渡しします。これです」

おれが包みを渡すと幹部は言う。

「おそかったようだが」

「旅行中にいろいろな目にあいましてね。殺されかかるわ、拷問されるわ、ひどいものでした。しかし、われわれは〝組織〟のためとばかり、身をもって包みをまもり抜きました。途中で二人とも重傷をおい、その治療を受けたりしたわけです。これでもせい一杯いそいだのです」

「それは大変だったな。しかし、包みがぶじにとどけられてよかった。そうだ、途中のことについての報告書を作ってくれ。本部に送ることになっているのだ」

「はい、そういたします」

おれたちは別室で、報告書の作成にとりかかった。ここが昇進するかどうかの分れ目なのだ。おれたちは相談し、いかに忠実に任務を遂行したかを、文章にまとめた。しかも、二人の話をあわせなければならぬ。書類を作りながら、おれたちは内容を暗記するように努力した。なんとかつじつまをあわせ、幹部に提出する。

「できました、これが報告書です。われわれは自慢したがる性格でないので、ひかえ目な記録になっております」

「ごくろうだった。さっそく本部に送らせよう」

書類が発送係に渡された。おれたちは、口ごもりながら言った。

「よろしければ、ひとつ質問したいことが……」

「なんだ」

「今回の仕事のことですが、本当に重要なことだったのでしょうね」

「いうまでもないことだ。きわめて重要なことだ。きみたちにとってね」

「なんのことですか、われわれにとってとは……」

「きみたちにとって重要なことは、すなわち〝組織〟にとっても重要なことである。同じことだ」

「それはそうでしょうが……」

「つまり、きみたちの昇進試験であったというわけだ。〝組織〟は幹部が優秀でなければならぬ。〝組織〟の強化は、幹部の質の向上に関連している。そうではないか」

「そうですとも」

おれたちは答えた。作りあげた報告書の内容はまさにそれにふさわしいものだ。おれたちが幹部としていかにふさわしい人材かを、証明してくれるだろう。最後に、おれたちは抱きつづけてきた唯一の疑問を口にした。

「あの包みのなかみは、なんだったのですか。さしつかえなければ教えて下さい。あれだけ必死に運んできたものですから」

「いいとも、いまなら教えてもいいだろう。あのなかは、高性能の長時間録音装置。小さいけれど、すごいものなのだ。何カ月も録音しつづけられる。きみたちの旅行中の会話がすべて録音されているというわけだ。その録音と、さっききみたちが作成した報告書とを、本部に送った。本部はそれによって、きみたちを昇進させるべきかどうかの決定をする。わたしは録音のほうは聞いていないが、報告書は見た。すばらしい内容だ。きみたちの昇進を期待しているよ」

森の家

夜の道を、カバンを持ったひとりの男が歩いている。時どきうしろをふりかえりながら、急ぎ足で歩いている。彼は強盗をはたらき、逃げているのだった。犯罪者はだれでもそうだろうが、その男も、警官があとをつけているのではないかとの不安をふりはらえず、休むことなく歩きつづけた。

広い道を歩くと、それだけ見つかる率が多くなる。だから彼は、四つ角に来たり、ふたまたにわかれたところへ来たりすると、より細い道のほうを選んだ。どこへ行くというあてがあるわけではない。めざすのは、ただ安全だけ。細い道へ細い道へと、彼はたどりつづけた。

いつのまにか街をはなれ、野原を越えていた。そして、森のなかへと入っていた。月は出ていたが、森のなかの小道。暗くものさびしかった。しかし、その男はいくらか安心し、ほっとひと息ついた。いくらなんでも、警察もここまでは追いかけてこないだろう。

安心したため、いままで歩きつづけた疲れがどっと出てきた。空腹も感じたし、のどもかわいた。

「さて、どうしたものだろう」

男はつぶやく。まとまった金は持っているが、ここは森のなか。空腹感を押えるたしにはならない。といって、道を戻り街へひきかえす気にもなれない。彼は足を引きずりながら、細い道を歩いた。

前のほうに、小さくかすかな光が見えた。一軒の家があり、その窓からもれている光とわかった。彼は足をとめた。こんなところに住んでいるのは、どんなやつなのだろう。あそこへのこのこ入っていったら、つかまってしまうだろうか。彼はあれこれ考えたが、疲れと空腹はどうしようもなかった。その家へと近づく。

念のためにまわりを調べると、その家には電線も電話線も入っていない。警察へ通報される心配はないわけだ。そっと窓からのぞきこむと、なかには老人がいた。ランプの光のなかで、椅子《いす》に腰をかけ、ひとりぼんやりとしている。時どき、机の上のグラスの酒を口にする。なにか考えごとをしているようでもあり、なにかを待っているようでもある。だが、それ以上は想像のしようもなかった。

男はドアをたたいた。老人ひとりなら、気を許してもいいだろう。しかし、ドアは開かれなかった。男はドアのにぎりを回し、引いてみた。カギはかかっていず、簡単にあけることができた。

「こんばんは。すみませんが……」

と男はあいさつした。老人は言う。

「カギはかけないことにしているのです。ノックを聞き、立ちあがってそこまで行くのがめんどうなので……」

「じつは、歩いているうちに道に迷ってしまい、困っているのです。少し休ませていただけませんか」

男は言った。強盗をして逃げてるところだなどと、正直に話すことはない。老人はものうげな口調で答えた。

「どうぞどうぞ。この酒でもお飲みになりませんか。その台所には、野菜の煮たのと飯とがある。そんなものでよかったら、お食べ下さい」

「それは助かります。では、お言葉に甘えまして……」

遠慮している場合ではない。なにしろ空腹で倒れそうなのだ。男はいそがしく口を動かし、それを食べた。やっと気分が落ち着く。男は老人の酒をもらって飲みながら、話しかけた。

「ごちそうさまでした。おかげで元気がとりもどせました」

「いや、礼にはおよびませんよ」

「ここにおひとりで住んでいるのですか」

「そういうことですな」

「さぞ退屈でしょう」

男は室内を見まわしながら言った。テレビもラジオもない。新聞すらこないようだ。郵便もここまでは配達してくれないのだろう。だが、老人は酒をひと口すすって答えた。

「あれこれ考えごとをしていれば、そう退屈することもありませんよ」

「そういうものですかね。ところで、どうでしょう。一晩とめていただけませんか。お礼はさしあげますから」

男はカバンをあけ、何枚かの紙幣を出した。強盗をやって手に入れた金だ。大金を他人に見せるのは不注意かもしれないが、この弱そうな老人なら、どうということもあるまい。それに対して、老人は言った。

「お礼など、いりませんよ」

「しかし、それでは気がすみません」

「わたしは、金など欲しくないのです。ごらんにいれましょうか」

老人は手をのばし、そばの木箱のふたをあけ、そして閉じた。男は目を丸くした。ちょっと見ただけだが、なかには光り輝く金貨がいっぱい入っていた。

「これは驚きました。しかし、あまりに無用心です。大丈夫なんですか」

「そこはですな、うまいぐあいなのです。のろわれた家だというわさがひろまっているらしく、人が寄りつかないのですよ。時たま食料や酒を売りに来るやつも、金を受け取ると、そそくさと帰ってゆく。この家の外観には、ひとにぶきみな印象を与えるものがあるらしい。あなたは気がつかなかったようですな」

「暗くてよく見えませんでした」

「そうでしたな」と老人。

「どんなうわさがひろまってるのですか」

「わたしがはるか昔からここに住んでるという話さ。本当はそんなに長く住んでるわけではないんだがね。また、実際のところ、のろわれた家でもないんだがね……」

老人の話には要領をえないところがあった。しかし、男のほうもよく聞いていなかった。そばの箱のなかの金貨のことが、頭のなかに焼きついている。ありゃあ、相当なものだぞ。それに、この家、めったに人が寄りつかないという。ほとぼりのさめるまでのかくれ家として、絶好ではないか。手に入れたくてならない。ほかに行くところはないのだ。男は衝動を押えきれなくなった。どうせおれは犯罪者なのだ。ここでこの老人を殺したところで、どうってことも……。

そんなことには気づかないような表情で、老人は酒を飲んでいる。男は老人に飛びかかった。老人は椅子から床に倒れたが、助けてくれとも言わず、かすかにつぶやいた。

「のろわれているのは、この家ではなく、わたしなのだ。つぎはあなたが……」

わけのわからない言葉だったが、そんなことにかまっている場合ではない。男は老人の首をしめて殺した。死体は運び出し、森のなかに埋めた。悪く思うなよ。戸締りもせず、こんなところにひとりで住んでいて、みしらぬ訪問者に、不用意に大金を見せる。そんなのは、一種の自殺というものだ。

いくらか良心がとがめたが、かくれ家を手に入れた安心感と、昼間からの疲れと、酒の酔いとで、男は眠りについた。

つぎの日、昼ちかく男は目ざめた。木箱をあけてみる。夢でも幻でもなく、金貨はそこにあった。彼はかぞえかけたが、途中でやめた。かぞえきれぬほどの枚数であり、なにもすぐにかぞえる必要もなかったからだ。

彼はなにげなく自分の手を見て、皮膚のつやの失われているのに気づいた。だが、それは疲れのせいだろうと、さほど気にもとめなかった。そして、台所から酒を持ってきて、それを飲みながら日をすごした。大金の使い道をあれこれ考えるだけで、時のたつのを忘れた。

そのつぎの日、皮膚は一段と若さを失っていた。男はさすがに気になった。手で顔をなでると、しわがふえているようだ。彼は鏡をさがした。しかし、この家のなかには、なぜかわからないが、鏡は一枚もなかった。

男はポケットのなかに小さな鏡を持っていたのを思い出し、それを出してのぞき、思わず声をあげた。二日しかたっていないのに、自分の顔がいやにとしよりじみている。

医者へ行くべきだろうかと思う。しかし、街へ出るのは、つかまりに行くのと同じだ。もう少したってからでなければだめだ。それに、ただの気のせいかもしれない。

しかし、気のせいだけではないようだった。日がたち、鏡を見るたびに、自分の顔がとしとってゆく。それだけならまだしも、あの殺した老人の顔に似てくるのだ。もういたたまれない気分だった。助けを求めようにも、ここに電話はなく、やってくる人もない。仕方がない、なにもかも告白し、なんとかしてもらおう。男はついに決心し、街へむかおうとした。しかし、百メートルも歩くと疲れた。街へ行く体力もなくなっているのだ。完全に老人になってしまっていた。

男は鏡を割って捨て、椅子にすわり酒を飲むという生活をつづけた。ほかにすることもなかった。二十日ほどすると、訪問者があった。食料と酒を売りに来た者だ。そいつは事務的に金を請求し、受け取ると急いで帰っていった。驚いた表情を示さなかったところをみると、おれをあの老人とみとめたのだろう。

食料と酒を売りに来る者は、月に一回の割であらわれる。おれはなにか話しかけようとするが、相手になってくれず、金を受け取るとすぐ帰ってしまう。もっとも、いかに事実を話しても、本気で聞いてはくれまい。狂った老人のたわごとと思われるだけだ。

それ以来ずっと、おれはここに住んでいる。箱のなかの金貨をかぞえる気にもならない。街へも行けないこんな老人になって、どんな使い道があるというのだ。

椅子にぼんやり腰かけ、酒を飲み、考えるだけの日常。おれが殺した老人は最後に「のろわれているのは、わたしなのだ」とか言っていた。おそらく、あいつはここへやってきて、見せられた金に目がくらみ、住んでいた老人を殺したのだろう。そして、しめしめと喜んだのもつかのま、たちまち老人に変身してしまったというわけなのだろう。のろいとはそのことだったのだ。おれにはよくわかる。

おれは老人になってしまったが、体力がないだけで、病気にかかることもない。いっこうに死にそうにない。一時は絶望のあまり自殺しようかとも思ったが、やがて、その気もなくなった。どうせ死ぬのなら、もっと面白い死に方がある。それを考えるだけで、けっこう退屈がまぎれるというものだ。

そのうち、だれかがここへやって来るだろう。金のためには人を殺しかねない性質のやつが。それを待っているというわけさ。そんなやつがきたら、おれはひとのよさそうな顔で、箱をあけ金貨をちょっと見せてやる……。

ことのおこり

時、第一次大戦の少し前のころ。

場所、オーストリアのウィーン。

この古びたたたずまいの街の一角に、小さな質屋があった。その前を、さっきから二十歳ぐらいの若者がひとり、行きつ戻りつしていた。

だが、やがて若者は勇気を出し、なかへ入った。ドアにとりつけてある鈴が音をたて、店内の静かさを破る。

店の主人である老人は顔をあげ、眼鏡ごしに若者を眺めて言った。

「いらっしゃいませ」

「あの、ぼく、お金が借りたくて……」

「はい、ここは質屋。それが商売ですよ」

主人はうなずく。若者は言った。

「じつは、ぼく、恋をしているんです。すばらしい女性と知りあった。そばにいるだけで、心がなごやかになる。彼女と結婚できれば、地味かもしれないけど、おだやかで幸福な人生を築けると思うんです……」

「それはそれは、けっこうなことですな」

「ぼく、やっとデイトの約束までこぎつけたんです。今夜、いっしょに食事をするんです。プレゼントもしたい。そのために、いくらかお金がいるんです」

「事情はわかりました。しかし、わたしどもの商売、事情よりも担保の品のほうが問題なのです。なにかお持ちですか」

「もちろんですよ。ぼくの描いた絵を何枚か持ってきました。ぼくは芸術家志願なのです。まあ、ごらんになってください。すばらしいでしょう」

若者の出した絵を見て、主人は首を振る。

「お気の毒ですが、こんなものでは、お金をお貸しするわけにはいきませんな」

「こんなものとはなんです。ひどい侮辱だ。しかし、いま、そんな議論をやっているひまはない。彼女との待合せの時刻が迫っている。お願いです。お金を貸してください。必ずお返しします。ご恩は一生忘れません」

若者は泣かんばかりにたのんだ。しかし、主人はとりあわない。

「だめですな。そんなことで金を貸していたら、店はやっていけません。われわれユダヤ人というものは、冷静なんですよ。甘く見ちゃ困りますな」

「こんなにたのんでもだめなのか。ああ、ぼくのささやかな希望の芽も、ふみにじられた。

こうなったら、やけだ。このうらみは決して忘れないぞ。いつの日か、きさまら冷酷なユダヤ人全部に仕返ししてやる……」

若者は興奮し、腕をふりまわし、激しい口調でしゃべりつづけた。

「そんなふうにすごんでも、だめなものはだめですよ。さあ、お帰りください。ええと、アドルフ・ヒットラーさん」

店の主人は絵のサインを読み、薄笑いしながら言った。若者は歯ぎしりをし、すてぜりふを残した。

「ただ口先だけのおどしじゃないぞ。このくやしさを、いつまでも持ちつづけてやる。その時になって、泣きごとを言うな」

若者の帰ったあと、主人はつぶやく。

「かっとなりやすい性格のやつだな。演説をおっぱじめた時の目の光は、気ちがいじみていた。ものごとを思いつめる、危険さを秘めていた。ほんとにやりかねない。しかし、まあいいさ。おれはユダヤ人なんかじゃない。この商売をやるにはユダヤ人と自称していたほうが、お客を冷酷に追い返せたり、なにかと便利なので、そう言っているだけのことなのだ」

再　現

　催眠術の権威である学者のところへ、弁護士がひとりの男を連れてきて言った。

「ちょうど一カ月前の夜の、絞殺事件。その容疑者であるこの男の弁護を引受けたのですが、当人は無実だと言っている。しかし、アリバイがはっきりしない。先生のお力で、当日の記憶をよみがえらせていただけませんか。警察の了解をえて、当人を連れてきたというわけです」

「やってみましょう。しかし、術をこころみるには、気が散らないようにしなければなりません。弁護士さんは部屋のそとでお待ち下さい。さあ、あなたはこちらへ」

　学者はその男を診療室に案内し、催眠状態にみちびき、呼びかけた。

「さあ、あなたは過去へとさかのぼります。十日前、二十日前、はい、ちょうど一カ月前に来ました。その日の夜です……」

「…………」

「あなたはいま、なにをしていますか。やってごらんなさい。きわめて重要なことですよ。ためらったりしてはいけません……」

そのとたん、男は学者に飛びかかり、力いっぱい首をしめあげた。学者は声をたてることもできず、たちまち息たえた。

やがて、部屋のなかをのぞきこんだ弁護士、事情を察し、腕組みしてつぶやく。

「この男、無実じゃなくて真犯人だったようだな。しかし、この思いがけぬ事件の処理、法的にはやっかいなことになりそうだぞ」

しあわせな王女

むかし、王女さまがいた。ひとりっ子で、母はすでになく、父である王さまと二人だけの家族構成。しかし、さびしいなどということはなかった。

お城には召使だの兵隊だのがたくさんいたし、お城のそとには領民たちがいた。みな王と王女とを敬愛していた。王は善政をほどこし、天候に恵まれて凶作はなく、ここを侵略しようという動きもなかった。申しぶんない状態とは、このようなことをいう。

国の内外に大問題がないので、王は王女をこの上なくかわいがった。当然の成り行きといえよう。王女は生れつき美しく、なに不自由なく成長し、十六歳となった。愛と幸運と美のなかで咲きはじめた花。

しかし王女は、ある日とつぜん、とんでもないことを父である王に言った。

「ねえ、お願いがあるの……」

「いいとも、おまえのためなら、なんでもしてあげるよ」

「こないだから、ずっと考えてきたことなの。一生に一度のお願い。この無理だけは、ぜひ聞いてちょうだい。ねえ、約束して」

「一生に一度だなんて。わしはおまえのために、今後もなんでもしてあげるつもりだよ。今回だってもちろんのことだ」

「わあ、うれしい。本当ね」

「しかし、いったい、なんだい。話してもらわなければ、やりようがないよ」

父性愛にみちた表情。王女は言った。

「おとぎ話の主人公になりたいの」

「なんだって。よく説明してくれ」

「あたし、独身主義者じゃないから、やがては結婚してその生活に入るわけでしょ。それはそれでいいのよ。だけど、ただの結婚じゃなく、それから二人はいつまでもしあわせに暮しました、という結婚をしたいの。つまりね、物語の主人公になって、後世まで語りつがれるのが望みなのよ。人びとの心のなかに、永久に残りたいってことなのよ」

なに不自由なく育っただけあって、考え出すことが独創的だ。王はびっくり。

「なるほど、そういうことか。しかし、これはなかなかむずかしいぞ」

「むずかしいかもしれないけど、不可能じゃないはずだわ。オオカミに食べられちゃうとか、ギロチンにかけられるとか、悲劇的な物語の主人公になるという方法もあるけど、それを望んでるんじゃないの。めでたしめでたしという結婚をしたいだけなのよ。宝石や真珠といった物質的なものより、このほうに魅力を感じてるの。ねえ、なんとか考えてちょうだい。あ

たしのしあわせのために」

「おまえのしあわせのためなら、なんでもしてやるつもりだ。しかし、どうすればいいのか、しばらく考えてみないと……」

「早くしてね。おとぎ話の主人公のお姫さまって、あんまりとしとっちゃ、かっこうがつかないものよ。あたし、その微妙な年齢の限界にあるのよ」

「わかったよ……」

王としても、なんとか王女の願いをかなえてやりたい気分。しかし、どうすればいいのか見当もつかぬ。王は最も信頼している家臣の、城の護衛隊長を呼んで相談した。

「ということなのだが、そちの意見はどうか」

「恐れ入りました。さすがは王女さまでございます。みずからを物語の主人公に仕上げたいとお考えになるとは。凡人の時間的スケールを越え、はるかかなたに視線をむけていらっしゃる。たとえ世の中が変り、この国が破産し、王家の血統のたえることがあったとしても、物語は永遠不滅でございます」

「おい、えんぎでもないことを言うなよ」

「これは失言。お許しのほどを」

「そんな意見を求めているのではない。わしの知りたいのは具体的な計画だ。費用はいくらかかってもいい。立案してくれ」

「はい。さっそく調査いたしまして……」

数日後、隊長は王の前へ来て言った。

「おとぎ話なるものを研究いたしました。しかし、こうぶっつづけに読むと、いささか頭がおかしくなりますな」

「それは気の毒であった。で、どうすればいいというのだ」

「王女さまに継母が必要でございます。基本的にして一般的な原則。それも、うんといじわるなのがいい。わがままで気ぐらいが高く、富と現在の栄光が好きという女です。これによって、その逆である王女の美点が浮きあがってくるわけでございます。王さまが、そのような女と再婚なさらなければいけません」

隊長の提案に、王はしばらく考えこむ。

「うむ。どうも気の進まぬことではあるが、姫の望みを実現し、永遠への物語を完成させるためとなると、わしもそれぐらいの犠牲は忍ばなければならぬかもしれぬな」

「おいたわしいことでございますが、なにごとも大目標のためとお考えを……」

「で、再婚相手にふさわしい、そのような女がおるかな」

「調べましたところ、適当なのがおりました。少しはなれた国の王女。婚期を逸し、わがままで、いじわるで、宝石好きというのが。ご決心がつけば、交渉をはじめます」

「身ぶるいがするなあ。だが、仕方ない。姫にわけを話し、それに踏み切るか」

「いえいえ、踏み切るのはけっこうでございますが、王女さまに相談なさってはいけません。独断での実行。それによって、王女さまへの王さまの愛を、よそに切り換えた形となるわけです。これが開幕……」

かくして、王の再婚はおこなわれた。事情を知らぬ城の内外では「王さま、なんであんな女を、いまさら王妃に」との疑問の会話がくりかえされた。しかし、この新しい王妃、とかくの前評判に反し、結婚と同時に良妻賢母になってしまった。王によくつかえ、王女をかわいがる。王はある日、王妃にそっと聞いてみた。

「うわさとちがって、すなおな女だったのだな、おまえは」

「あたしのような女を王妃に迎えて下さったのだから、感謝でおむくいしなければ、ばちが当るわ。あたし、ばかじゃないのよ」

「あてがはずれたな。弱ったな」

「なんのことなの。お悩みごとなら、お手伝いしますわ。お話し下さい……」

王妃にうながされ、王はうちあけた。

「じつはな、姫をいじめてほしいのだ」

「なんですって。正気のさたじゃないわ。ああ、とんでもないとこへとついでしまった。いっそのこと、城壁から身を投げて死のうかしら。そうすると、悪い王から道徳に反した無理難題を押しつけられ、それをこばんでみずからの命を絶った王妃として、いつまでも語り伝えられるかもしれないわ。ああ、なんとおいたわしい王妃よと……」

「とんでもない。そんなことされたら、めちゃめちゃだ。いまのは冗談。いや、おまえの姫への愛情をたしかめてみたかったのだ」

「そうだったの。わかりましたわ。そんなご心配はいりませんわ。王女に対しては、とくに心がけて愛情をそそいでおりますもの」

王と王妃は和解し、めでたしめでたし。しかし、ここで終るわけにはいかないのだ。

王は隊長を呼び、またひそかに相談。

「わしも再婚していい気分だ。姫も新しい王妃になついている。すべてなごやか。どうしようもなく困った事態になったぞ」

「申し訳ございません。こうなった責任は、すべてわたくしです。この上は一命を投げ出しても計画を達成いたしてみせます」

「そちに死んでもらって片づくほど、簡単な問題とも思えぬがな」

「その死にかたでございます。さいわい、わたくしは護衛隊長の地位にある。クーデターを起すのにふさわしい。王を追放し、実権をにぎろうと行動を起します」

「ぶっそうだな」

「そこが演出でございます。その状勢のなかにあって、王女がひとり敢然と戦い、ついに悪臣、このわたくしを剣でやっつけるという筋書きはいかがでしょう。ドラマチックで、めでたしめでたしでしょう。やられるわたくしとしましても、語り伝えられる悪人になれる。すぐ忘れ去られる平凡な一生よりいいような気が……」

「そちまで物語の登場人物マニアになったみたいだな。いまのは一案だが、王女のイメージが荒っぽいものとして残るぞ」

「では、どこかの王子がやってきて、王女を助けて活躍というぐあいにいたしますか」

「よくある話で、新鮮味がないな。なにかこう、もうひとひねり欲しい気もするなあ。いや、まったく難問だ。政治、経済、外交などより、はるかにむずかしい」

王と隊長が話しあっているところへ、王女がやってきて言った。

「新しい王妃がいらっしゃって、なにかはじまるかと期待したけど、変化なしね。あたしのほうは、どうなってるの」

「そのことで、いまも隊長と相談してたところなのだよ」

「で、どうなの、隊長さん」

王女に聞かれ、隊長は言った。

「そもそも、めでたしめでたしという結末になるには、その前に不幸な時期を持たなくてはなりません。その不幸がひどければひどいほど、めでたしの効果が高まるわけでございます。これが物語の原則。たとえばでございますが、森のなかの魔女に金をやってたのみ、王女さまにのろいをかけてもらい……」

「どんなのろいを……」

「なにかに姿を変えさせられるといった」

「みごとな白鳥になって、湖の上で遊んでみるのも面白そうね」

「そんな程度ではだめでございます。みにくいアヒルかなんかでなくては。みにくければみにくいほどいい。大とかげとか、ゴリラとか、巨大な毒虫とか……」

「きゃっ、いやよ、そんなの。どうして、あたしのきらいなものばかり並べるの……」

王女は悲鳴をあげ、王もそれに味方した。

「いくらなんでも、それはひどすぎる」

「では、わたくしめが魔法にかかって、そのたぐいに変身いたしましょう。それを、王女さまが退治なさるというのは……」

「安っぽい冒険活劇になってしまうな。もっとまともな手法はないのかね。ロマンスあり、スリルあり、涙ありという各種の要素を含んだ雄大なものがいい。大衆の心に訴えるものがないと、後世に残らないのじゃないかな……」

王は首をかしげる。隊長はメモを出して言った。

「これならばという筋書きがございます。しかし、手間と時間がかかるので……」

「かまわん。それを聞かせてくれ」

「こうでございます。森に遊びに行かれた王女さまが、お供の人たちのちょっとしたすきに、盗賊団にさらわれる。そして、遠くに連れてゆかれ、サーカス団に売り飛ばされる。悲劇的な開幕でございますぞ。王さまのなげきは形容できないほど……」

「なるほど」

「しかし、そんな立場になっても、王女はつねに気品と勇気、やさしさと愛と正義感を失わずに生きてゆく。そのうち、すてきな王子とめぐりあい、その助けによって境遇を抜け出し、王さまと再会、めでたしめでたしという運びでございます」

「ははあ、乞食《こじき》王子の物語のパターンだな。しかし、主人公を王女にしてあるので、イミテーションと気づかれずにすみそうだぞ。悪くないぞ、これは……」

王はうなずく。王女は口を出した。

「あたし、そんな苦労はできないわ。それに盗賊団だのサーカス団だの、どんな目にあわされるかわかんないじゃないの」

「まあまあ、ご心配なく。盗賊団もサーカス団も、絶対に信用のおける口のかたい、わたくしの部下で編成し、みなその変装というわけでございます。絶対に安全。他国の連中にはそれと気づかれぬよう、巧妙に演出することにいたします」

「でも、あたしタマ乗りやツナワタリなど、できないわ」

「それもご心配なく。そういうのうまい代役の女を用意いたします。適当に入れ替っていただければよろしいわけで……」

「どれくらいのあいだ、そのサーカス団ぐらしをやればいいの」

「あんまり短いと、話がうますぎると怪しまれる。また、不幸は長ければ長いほど、結末が生きてくるというわけでして……」

「だけど、あんまり長びくと、おとぎ話の主人公としてふけすぎちゃうわよ。それに、青春というものは、やりなおしがきかないのよ。ここが大事なとこよ」

「よく存じております。しかし、秘密をまもりながらこれだけの演出をするとなると、けっこう予算がかかるわけでして……」

王は決定を下した。

「仕方あるまい。これは金銭にかえられないことなのだ。おまえに一任する。さっそくとりかかることにしよう」


王女が森でゆくえ不明になったとのニュース。王は気も狂わんばかりになげいてみせた。事情を知らされていない王妃は、さらに悲嘆にくれた。あたしが継母であるため、愛の不満を感じて王女が家出をしたのではないかと。食事ものどを通らず、やせおとろえ、やがて死んだ。まことにお気の毒なことだが、大計画には往々にして、こういう意外な犠牲がつきものなのだ。

領民たちは騒然となった。みなの希望の象徴であった王女がいなくなったのだから。泣くのと祈るのとで、仕事どころではない。不安におののく。後継者がいなくなると、この国の将来はどうなるのだ。もしかしたら、隣国の陰謀かもしれない。労せずして領土を手中にできるのだからな。

この風評を耳にして、隣国の王は、まことに迷惑なことであると抗議をしてきた。その誤解をとくため、王さまは出かけていって会見した。

「これには深い事情があるのです。両国の友好のためにもなることです。内密にそのご相談を……」

王さまが言うと、隣国の王はふしぎがりながらも応じた。

「わけがわかりませんが、一応お話をうかがいましょう」

「あなたには王子が二人おいでだ。次男のかたはどうなさっていますか」

「長男はあととりにしますが、次男のほうは未定です。いま遠くの町へ留学させています。いい養子の口でもあるといいのだが」

「それはぐあいがいい。当方でいただくことにいたします」

「突然のお話ですな……」

と聞きかえす隣国の王に、王さまはこれこれしかじかと説明してから言った。

「姫をサーカス団から助け出す役をやっていただきたいわけです。そして、最終段階で劇的な結婚へ持ってゆく。両国の友好は高まる。神のおみちびきとロマンス、政略結婚のいやらしい印象は残らない。いかがです」

「や、これはすごい。面白い計画ですな。当方としては願ってもないこと。しかしねえ、うちの次男の王子に、それだけの芝居ができるかどうか気がかりで……」

「その点はご心配なく。演出の係をつけますから。しかし、これだけは念を押しておきますよ。演出係の指示には絶対に従っていただきます。秘密をまもらず勝手な行動をされたりしたら、すべてが水の泡《あわ》です」

「わかりました。これでうちの次男も、身のふりかたがつくというものです。あなたに身柄をあずけます。次男にはさっそく手紙でよく言っておきましょう」

　これで王子さま役の手はずがととのった。王子の留学している町へ演出係が迎えにゆき、旅へ引っぱり出す。服や剣を買って身につけさせ、白い馬に乗せる。それから、さて、と演出係が提案する。

「これから、あなたはサーカス団の王女を救出に行くというわけです。しかし、あんまりストレートじゃ変に思われ、おとぎ話らしくなくなる。その前に少し箔《はく》をつけるため、なにか冒険をやっておいたほうがいいでしょう」

　王子はちょっと考えてから答える。

「なにをやったものだろうな。ぼくはもっぱら武術ばかり学んでいた。やわらかいほうに縁がなかった。女遊びをしていない。どうだろう、たちのよくない美女にだまされ、それで人間的な成長をとげるというのは。第一、姫と結婚したら、そんなことは全然できなくなっちゃうわけだろう」

「なに言ってんです。困りますよ、そんなのは。あなたはおとぎ話の登場人物なんですよ。王子さまのイメージダウンはいけません。お色気がからんだら、親から子へと語り伝えられないじゃありませんか」

「残念だなあ。じゃあ、山賊退治でもやるか。勧善懲悪なら文句ないだろう。このへんにはちゃちな山賊がいるそうだ」

「勝てますか。このへんの山賊は演出計画に入っていないので、話はつけてないんですよ。あなたが反対にやられたら、王子さま役の補欠を急いでさがさなければならなくなる。その点、気になりますな」

「大丈夫さ、武術ならまかせておけ」

自慢するだけあって、その王子はなかなか勇敢だった。山賊どもをやっつけ、とりあげた金銀を貧しい人たちに分けてやった。わずかな金銀など、この際どうでもいいのだ。そして、名も告げずゆうゆうと立ち去れば、まさに申しぶんなし……。

というところだったが、予期せざる事件がからまった。金銀とともに、山賊にとらわれていた美女をも救出した。彼女は心から感謝し、うぶな王子はにくからず思いはじめ、熱があがり、出発はのびる一方。演出係はせきたてる。

「いいかげんに行きましょう。予定がだいぶおくれてしまった」

「いやだ。ぼくはこの女性が好きになった。いっしょになる。ひとりで出発してくれ」

「だめです。勝手な行動は許されません」

「そんなひどいことってあるか。ぼくに人権はないのか」

「ありませんね。おとぎ話の主人公に人権なんかあるもんですか。めでたしめでたしという最終目標にむかって、すべてが進行中なんです。それを狂わしちゃいかん。上のほうの話はついているんだ。あなたの父上の王から、うちの王さまへ一札が入っている。あなたが勝手なことをしたら、ただじゃすみませんぜ。問題はあなた個人じゃすまなくなっているんです」

「ああ、なんということだ」

「泣くことはありませんよ。これからあなたが救出する王女さまは、もっとすばらしいかたです。お会いになれば、あの時あんな女と結婚しなくてよかったと、必ず喜ぶことになりますよ。それに、あなたは物語の人物となり、永久に残れるのですよ。その幸運を手ばなすなんて、ばかみたいなもんです。さあ、さあ……」

「そうかなあ」

王子は悲しがる女を残し、演出係とさきへ進む。

一方、サーカス団の王女。貧しく苦労の多い、つらい日常にたえながら、けなげな生活をつづけていた。すなわち、そのような演出でやっていたというわけ。

危険な芸をやったり、団長にいじめられるのは代役がやってくれる。動物をかわいがったり、お客の子供や老人にやさしくする時には王女が出ていってそれをやる。めんどくさければ、それも代役に押しつければいい。

こんなエピソードをつみ重ねながら旅をするうちに、ききめはでてきた。「あのサーカス団には、感心な女の子がいる」とのうわさが、しぜんにひろまっていったのだ。

最初のうちは王女も、この生活が珍しく面白かった。しかし、こうつづくとあきてくる。おとぎ話の主人公になるのだとの願いが、なんとかそれをがまんさせた。やがて〈王子がそちらへむかった〉との連絡があった。王女は待ちかねている。

そこへやってきたひとりの青年。ちょっと品のある顔つきだったので、みな、これこそ連絡のあった王子にちがいないと誤解した。さっそく芝居が開始される。

まず、それとなく青年を楽屋にさそい、王女が団長にいじめられているところを目撃させる。いちおう順序をふんでおかないと、事実の重みというやつが加わらない。王女は青年にささやく。

「あたし、いつも団長にいじめられてるの」

「本当にかわいそうだね」

「あたし、じつは王女なの。さらわれてきて、働かされてるのよ」

「そんな話、信じられないな」

「ねえ、お願い。助け出してお城へ連れてってちょうだい」

「そんなことをしたら、こっちまで団長にひどい目にあわされちゃう。巻きぞえはごめんだ。だいたい、城へ連れてったとしても、人さわがせなやつと追いかえされるかもしれない。だいいち、きみが王女なのかどうか、判断の材料がぼくにはないよ。きみがそう思いこんでるだけなのかもしれない」

「なんだか変ねえ」

「変なのはそっちだぜ。頭がどうかしてるんじゃないのかい」

物かげで聞いていた団長、たまりかねて出てきて、青年をどなりつける。

「なんという無礼なやつめ。許せぬ。早いところ消えてなくなれ。二度とくるな」

「わかりましたよ。おかしな団長だ。さっきはこの女をいじめてたくせに。気ちがい一座だな」

青年はあわてて逃げてゆく。あとで団長、あの青年がよそでなにをしゃべるか心配になり、部下に命じてあとをつけさせ消してしまった。偉大な完成のためには、同情などしていられない。

王女はいらいらする。

「どうなってるのかしら。王子さま、なにぐずぐずしているの。メロドラマじゃないんだから、すれちがいの演出なんか不要のはずなのに……」

演出ではなかったが、すれちがいは発生した。王子のほうは途中でてまどったため、約束の地点へつくのがおくれ、そこにいたべつなサーカス団を王女のとかんちがいした。おかしな会話が展開される。王子はその一座の若い女に声をかける。

「女の団員はあなただけですか」

「そうよ」

「すると、お姫さまというわけで……」

「ということになるわねえ」

「じゃあ、いっしょに行きましょう。もう大丈夫ですよ。ご安心なさい」

と王子が手を取って連れ出そうとすると、女は大声をあげた。

「助けて……」

「だから、助けてるじゃありませんか。お城へお連れしますよ」

「なによ、いやらしい。人さらい」

ひとさわぎおこる。その女は団長の娘だった。王子と同行の演出係は平あやまり。

「おわびいたします。事情は申しあげられませんが、とんだ人ちがいをしまして」

「とんでもない話だ。サーカス団の女をさらって、お城へ売りとばそうとするなんて。そんな例は聞いたことがない」

怒る団長に金をにぎらせ、なんとかその場をおさめる。二人は本物のサーカス団のあとを追う。演出係は王子に言う。

「わたしがついていながら、ひどい手ちがいをしてしまいました。こんどはうまくやりましょう。確認の上で連絡をとりつつ、ドラマチックに仕上げましょう。なにしろ本番ですから」


すべては慎重に進められた。「目標は、めでたしめでたし」を合言葉に、関係者一同が努力した。王子と王女とのさりげない出会いから、クライマックスまで、手落ちなく進行した。すなわち、大ぜいの人びとが見ている前で、団長は王子をやっつけようとし、逆にやっつけられ、前非をくい、これからは博愛主義者になると誓い、サーカスの解散を宣言した。だが、動物たちは王女と別れたがらず、お城へむかう王女と王子のあとをついてくる。見物人の心に深い印象を残す、絵のような光景だった。

そして、お城への帰還。王は涙を流して喜ぶ。しかも、いっしょに来たたのもしい王子は、なんと隣国の王子と判明する。婚約が発表される。

領民たちの感激はいうまでもない。長い暗い冬が一瞬のうちに去って春となった。これで王の後継者ができ、隣国との友好も一段と深まる。結婚式には盛大きわまるお祭りをすべく、みなその準備にとりかかる。

そんな状態の時、吟遊《ぎんゆう》詩人がお城へやってきて、隊長に会って言った。

「わたしは旅をしながら、詩や物語を作っている者です。きよらかな少女のいるサーカス団のうわさを聞き、ぜひ一目見たいものだと、ほうぼうさがしました……」

「そうでしたか、そんなに評判でしたか」

隊長はまんざらでもない気分。報告によると、いくらかの手ちがいはあったようだが、ここまでこぎつけることができたのだ。

そんなこととは知らず、吟遊詩人は言う。

「驚きましたねえ、それがなんと、お城からさらわれたここの王女さまだったとは。そのうえ、助け出した王子さまとご結婚とか。まさに神のおみちびきです。このことを物語の詩に仕上げ、おめでたい席で発表したいのですが」

「それはいいことだ。ぜひたのみたい。いい部屋と、最高の食事と、飲みほうだいの酒を用意するから、いい作品を作ってくれ。領民たちも、さらわれてから帰国までの王女さまのことを知りたがっているから」

吟遊詩人はとりかかる。時どき隊長がやってきて、原稿をのぞきこみ注文をつける。

「ここんとこ、もっとスリルを盛れないかねえ。それから、ここではロマンスを。泣かせどころも多いほうがいいなあ。あ、留守中の王さまのなげきも忘れるなよ。王子さまの資料はここにある。冒険を求めて諸国を旅した、正義感にあふれたかたなのだ」

「こんなに物語にしやすいできごとは、はじめてです。おっしゃるまでもなく、すばらしい傑作にしてみせますよ」

やがて完成。隊長はそれを読む。

「みごとなものだ。これなら必ず、後世まで語りつがれるぞ」

「そうなると、わたしも満足です。しかし、ひとつだけ気になる点があるのです」

「なんのことだ」

「ここの王女さま、庭でお遊びになっているのを拝見したのですが、さほど運動神経のあるかたとは思えない。あれで、よくサーカスの役がつとまったなと……」

それに対し、隊長は言う。

「よくないことに気がついたな。強すぎる好奇心は身を滅ぼす、という実例になってもらう以外にないな」

めでたくにぎやかな結婚式のお祝いの日、そのあわれなる吟遊詩人は処刑された。

かくして、王女と王子は結ばれ、いつまでも楽しくしあわせに暮した。秘密のきずなで結ばれた二人は、別れるわけにはいかなかったし、一種の楽しさだってある。

王も満足、隊長も満足、領民たちも満足。たまに疑問を投げかける者もあったが、みなの満足感に支えられた物語をくつがえせるわけがない。それに事実の物語だ。

人が死に、つぎの代、そのつぎの代となっても、このかなしく美しくしあわせな物語は、いつまでも語りつがれた。あの吟遊詩人が感激しながら才能のありったけをそそいでまとめただけあって、語りつぎやすい形になっていたせいもある。

人生ははかないが、芸術は長い。時の流れに押し流され、だれもかれもが、あとかたもなく忘却のかなたに消えてしまうのより、賢明なことというべきではなかろうか。あの吟遊詩人だって、ひどいことに巻きこまれはしたが、おかげで作品は残った。必ずしも不幸とは断言できぬのではなかろうか。

ホンを求めて

密林のなかの洞穴《どうけつ》のなかで、毛皮を身にまとった若者のボギは父のことを思い出していた。彼の父は数年前に毒蛇《どくへび》にかまれて死んでしまった。ボギはその父から、ホンなるものの話を聞いたことがある。そのことが最近、頭に浮んできてならないのだ。

それには、いろいろなものがつまっているという。役に立つこと、なにかを作る方法、危険や病気を防ぐ方法。そんな実用的なものばかりでなく、心をときめかせ、想像をかきたて、向上への意欲を燃えたたせてもくれるという。非常にすばらしいものらしい。

ほんとに、そんなものがあるのだろうか。死んだ父は、遠くの地方にはそれがあると言っていたが。出まかせか、夢ででも思いついた作り話だったのだろうか。

しかし、考えているだけではしようがない。ボギは洞穴を出て、たき火にあたっている酋《しゅう》長《ちょう》のところへ行って言った。

「おれ、ホンというものをさがすために、旅に出たい。いけないか」

「なんじゃ、その、ホンとは」

「よくは知らない。おやじがむかし、話してくれたものだ。すばらしいものらしい」

「おまえのおやじ、変り者だったからな。だが、行きたいのなら、行くがよい。けものがぶっそうだから、弓矢を忘れるな」

「うん、おれ、行ってくる。もしホンが手に入ったら、みんな、もっといい暮しができるようになるだろう」

かくして、ボギは旅に出た。密林を抜け、野原を横ぎり、山を越える。そして、よその部族と会うと質問をするのだった。

「ホンというものを知らないか」

「いや、聞いたこともない。ここの酋長も、そんなこと口にしたことがない」

どこでも失望ばかりだった。しかし、ボギは進む。丸木舟をかりて河を渡り、猛獣と戦いながらも歩きつづけた。おれはみなのために、ホンを持ち帰るのだ。その執念が彼をかりたてた。

そして、ついに手がかりをえて、ある部族の祈祷師《きとうし》の老人に会えた。ボギは言う。

「あなたは、ホンを知ってるそうで……」

「ああ、聞いたことはある。現物を見たことはないがね。わしらの先祖の先祖の時代には、いたるところにあったそうだ。だが、映像とか幻覚とか――わしにはなんのことやらわからんがね――それらが流行し、みなホンを捨て、使わなくなってしまったそうだ。なぜだかわからん。すばらしいものだったらしいんだがね。ふしぎなことだ」

街

机にむかったけど、ちっとも面白くなかった。ぼくは〈街〉へ遊びに行こうと思った。錠剤を口にほうりこむ。こんな時には〈街〉へ行くに限るんだ。

いついっても、夕ぐれの〈街〉は楽しく刺激的だ。若者たちがいっぱいいる。男、女、自由、解放、発散……。

あちこちに、大声をあげているやつらがいる。危険な思想を主張しているのだ。危険であればあるほど、しゃべっているほうも聞くほうも楽しい。当り前のことじゃないか。しゃべっているやつにむけて、時どきやじをとばす。これがまた楽しいんだ。ぼくもやじをとばす。やじられると、そいつは興奮する。その興奮は見物している側にも伝染してくる。

もう、理屈なんかどうでもよくなる。ほうぼうで、どなりあいがはじまっている。それもだんだん激しくなり、なぐりあいにまで発展しかける。

その寸前になると、いつもなにかが出現するんだ。きょうもまた、とんでもないものが出現してきた。なんだと思う……。

三台の霊柩車《れいきゅうしゃ》さ。どれも金ぴかで荘厳で堂々たるやつだ。みんな一瞬しんとなってしまう。

しかし、その沈黙もたちまち歓声に変る。

なぜかというと、霊柩車の扉《とびら》が開き、たくさんの女の子たちが飛び出してきたからだ。彼女たち、だれもが黒いタイツ姿。はだかよりはるかにエロチックな感じ。まわりの連中は大声をあげる。ぼくも大声をあげる。

彼女たちはそのへんをかけまわりはじめる。かけながら口にくわえた笛を吹きならす。それはネコの鳴き声そっくりの音を出すんだ。たくさんの黒ネコが走りまわっているよう。見ているうちに、ぼくは自分が犬になったような気分になってくる。黒ネコめ、つかまえてやるぞ。面白がって追っかけはじめる。

しかし、そう簡単にはつかまらない。だれかが大きなシャボン玉をつくって、あたりにまきちらすからだ。鮮明な色のついているシャボン玉。青や黄色や赤。それが明るい照明のなかを、ふわふわただよっている。あっちにもこっちにも……。

そんなのが目の前に流れてくると、彼女たちを追っかけていても、ふと足をとめてしまうし、足をとめないでぶつかると、シャボン玉はパチンと割れて消える。黄色のが消えて、そのむこうに赤いのがあったりすると、残像が重なってオレンジ色に見えたりする。三原色がつぎつぎにまざって、ぼくたちはいろんな色に包まれちゃってる感じ。

だから、だれもなかなか黒ネコをつかまえられないんだ。そのうち、黒ネコがふっと消えてしまったりする。なぜって、シャボン玉のなかには黒いのがまざっているからだ。それが目の前にあらわれると、暗やみにかくれた黒ネコになっちゃうからさ。わああわあ、わああわあ。この追いかけっこはたまらなく面白い。

しかし、そのうちぼくは、黒タイツ姿の女の子をひとり、もう少しでつかまえそうになる。ぼくは飛びつこうとする。その時、その女の子、ふりむいてぼくに拳銃《けんじゅう》をむける。魅力的な笑いとともに、引金がひかれる。よけるひまなんか、ありゃあしない。みごとぼくに命中する。

だが、死にもしなければ、かすり傷ひとつしない。その拳銃、水鉄砲なんだ。ぼくのからだはびっしょり。シャツの下までしみこんでくる。ぼくはその水鉄砲をとりあげ、黒ネコの女の子にむけて発射してやる。

ほうぼうで水鉄砲のうちあいがはじまっている。霊柩車のなかに、たくさん用意してあったらしいんだ。だから、だれでも取りほうだい。水鉄砲なんて安いものさ。

しかし、この水鉄砲の水は、ただの水じゃないんだ。それは、音楽がはじまってみるとわかる。びんびんするようなリズムの音楽。それは人をじっとしていられなくさせる。踊らなくてはいられなくさせる。

水鉄砲から出た液体が、音楽を皮膚に共鳴させる作用を持っているというわけ。あるメロディーになると、背中のほうがむずむずとかゆくなる。べつなメロディーに変ると、おなかの横のほうがくすぐったくなる。片足がしびれたみたいになることもあれば、片手が硬直しちゃうこともある。

だから音楽が皮膚にひびくと、しぜんに踊りになってしまうんだ。みんながそれを踊っている。ばかみたいだ。そこが面白いんだよ。自分もその例外じゃないんだし、ばかになった連帯感。

編曲がそうなっているんだろう。時どき、わきの下のあたりに、くすぐったさがじんと響く。そばの女の子は、けたたましい笑い声をあげている。無理にがまんしてるやつもあるが、すると、いっそう変な踊り方になる。見ていて、おかしいったらない。ぼくも笑う。

笑い声が反響しあって、すごいのなんの。動物園の動物たちがいっせいにほえているよう。音楽がだんだん刺激的になる。飛びあがらせておいて、そのつぎに片足をしびれさせたりする。だから、地面の上にころがってしまうってわけ。ころがりながらも、みな踊りつづけている。

ぼくはもう、面白くて面白くてしようがない。冷静な顔をしてるやつを見かけたら、水鉄砲をむけて水をかけてやる。すると、そいつも踊りに入らざるをえないのだ。

ぼくは汗びっしょりになる。汗が液とまざると、またちがった作用があらわれる。へんな声をあげたくなるのだ。人間が楽器になったみたい。無意味な発声と動作。みんな同様なんだから、恥ずかしさなんか少しもない。笑ったり、ころがったり、踊ったり、叫んだり……。

音楽が一段と高まったかと思うと、すっと静かになる。そうさ、これがいつまでもつづいたら、みんな気を失ってしまうものね。だれもが地面にねそべったまま、からだを休める。こころよい疲労。おたがいに、近くにいる連中の顔を見つめあい、かすかに笑う。

あたりの照明が少し暗くなるのをきっかけに、空に花火があがりはじめる。暗い空に光が飛びちり、輝く雨のようだ。わあ、きれい。みんながため息をつく。

みとれながら思わず立ちあがると、一発の花火がぼくをめがけて飛んできた。あ、あぶない。助けてくれ。ぼくは悲鳴をあげる。

かわすひまもない。しかし、大丈夫なんだ。花火といっても火ではなく、無害の夜光塗料でできたやつだからだ。

ぼくはそれをまともにあび、からだじゅうオレンジ色に輝く。それをてはじめに、あちこちに夜光塗料が飛びちりはじめる。青白く光るやつもある。みどり色に光るやつもある。またも音楽。さっきの液の作用はもうだいぶうすれていて、こんどはまともな踊りになっている。

海の底には光る深海魚がいるそうだけど、こんなにきれいじゃないだろうな。ホタルの乱舞だってこれには及ぶまい。ここでは色とりどりの人間が、ぼんやりと光りながらたくさん踊っているんだから……。

この夜光塗料は、そんなに長くは光りつづけない。だんだん光が弱まり、それにかわってあたりの照明が強くなってくる。

ぼくはなぜだかしらないけど、なんだかむなしいような気分になってくる。光を失った夜光塗料からの連想かもしれない。それとも、さっきあんまりさわぎすぎたせいだろうか……。むなしい思いは、しだいに強くなる。むこうのほうでは、また歓声があがりはじめている。散水車がやってきて、地面に潤滑作用のある液体をまきはじめたのだ。即席のスケート場が出現し、みなはすべりまわり、きゃあきゃあ叫び、ぶつかりあい……。

だけど、ぼくのむなしさは強まるばかり。もう帰ろうかな。ぼくは人ごみをかきわけ、抜け出す。そして、家へと急ぐ。みんなの叫び声がうしろのほうで小さくなってゆく。わけのわからない悲しさが、ぼくの胸のなかでわいてくる。

ぼくは自分の部屋にかけこみ、椅子《いす》にかける。そして、目をさます。

自分の着ている服を眺めてみる。どこもよごれていない。当り前のことだ。すべては最初に飲んだ薬の幻覚作用。

もう〈街〉への旅《トリップ》は終ったのだ。薬の作用が切れるとともに、〈街〉の幻影も終りとなる。第一、いまの時代にあんな〈街〉なんてあるわけがない。ぼくは窓からそとを眺める。高層ビルがきっちりとたち並んでいる。人口がふえ過密化したため、あんなばかげたことのやれる広場など、どこにも残っていないのだ。

清潔、むだのなさ、コンピューターの指示による統一ある動き、防音装置の徹底による静かさ。そんなものばかりですきまなく構成されているのが、いまの都会。

ぼくは、さっき飲んだ薬のびんを手にとる。病院でもらってきたものだ。時どきいらいらしてしようがないというぼくの訴えに応じ、医者がこの薬をくれた。ラベルを読む。青少年は一日に一回だけ服用のことと書いてある。政府の研究所で開発されたものだそうだ。

この薬を飲んでいるやつ、どれぐらいいるのだろうな。あの、まぼろしの〈街〉が本当にあったら、どんなに面白いだろうな……。

しかし、この薬の効果はてきめんだ。からだのなかから、もやもやがすっかり消えている。さあ、勉強をしよう。ぼくはティーチング・マシンにむかう。むずかしい内容の問題がつぎつぎと出てくる。ぼくはそれととりくむ。知識がぴしりぴしりと、こころよく頭のなかに入ってくる……。

因果

「申しわけございません。お許し下さい。なにとぞ、命ばかりは……」

町人は地面にすわりこみ、頭を下げてたのむ。しかし、武士は刀に手をかけて言う。

「いや、許せぬ。町人の分際で無礼だ。わしは水野という天下の旗本。それにむかって、ぶつかってくるとは……」

「わざとではございません。足がもつれたのでございます。どうぞ、お許しを」

「ならぬ。手討ちにいたす」

水野という武士は刀を抜いた。町人は泣き叫び、歯ぎしりしながら言った。

「あんまりです。このうらみは忘れません。たとえ殺されても、魂は子孫のからだに残り、あなたの子孫にたたってみせます」

「ふん。なにをほざく」

武士は町人を切り捨てた。

走ってきた自動車が、通行人をはね飛ばした。人だかり。やがて警官が来て、取調べをはじめ、運転していた者に言う。

「このような見通しのいい場所で事故をおこすとは、なんという不注意だ。被害者は死亡したのだぞ」

「弁解のしようもありません。しかし、信じていただけないでしょうが、一瞬、なにかがわたしのからだに乗り移ったような感じになり、ハンドルを切り損じて……」

「それにしても気の毒なことだな、この被害者、水野という名前らしいが……」

小　鬼

「きょうは天気もいいし、ひさしぶりに旅行に出るとするか。温泉に入ってのんびりするのもいいものな。医院をやっていても、わたしのような分野だと、一刻を争う急患というのはありえない」

神経科の医師であるエフ博士は、明るい表情でつぶやきながら〈本日休診〉の札をそとにかけようとした。

博士がドアをあけようとした時、外側からノックの音がした。せわしげな、たたきかた。博士はドアを少し開き、休診の札を見せながら言う。

「きょうは休むつもりなのです。二、三日してからおいで下さい」

しかし、男はむりやりなかへ入ってきた。

「そんなことおっしゃらずに、なんとかそこをお願いします。実際、このままではどうしようもないのです。この状態がつづいたら、気が変になってしまいます」

「ということは、まだ気はたしかといえるわけでしょう。それでしたら、患者としての資格がないともいえる……」

エフ博士はなんとかごまかし、追いかえそうとしたが、男はねばった。

「いえいえ、すでにおかしいんです。確実におかしい。正気のさたではない、大変なことなんです。ひどいもんです。いまの世の中、なにが起るかわかったものじゃない。まさかこんなことになろうとは。一寸さきは闇《やみ》、鬼が出るか蛇《じゃ》が出るかなんて言葉がありますが……」

男はわめきつづけ、声が大きくなる一方。博士は相手にならざるをえなくなった。休診の札を残念そうにしまい、男を診察室に案内し、軽い鎮静剤を与えた。男が落ち着いてきたのを見て、博士は聞く。

「さて、いったい、どうなさいました」

「いざとなると、なんだか話しにくくなります。あまりにとっぴなことなので……」

「わかっていますよ。わたしは妙な訴えには、なれています。あなただって、だからこそ、ここへ来たわけでしょう。第一、だまったままでは、どうしようもありません。さあ、問題点はなんなのです」

博士にうながされ、男はやっと言った。

「じつは、うちに鬼がいるんです」

「ははあ、奥さんのことですか」

「いえいえ、妻はたしかに口やかましい女ですが、鬼ではありません。わたしが持てあましているのは、本物の鬼のことです。頭につのがあり、虎の皮のパンツをはいている。鬼といっても、小鬼です。身長一メートルぐらい。しかし、本物であることにまちがいは……」

くわしく説明しはじめるのを手で制し、博士は困惑した口調で言う。

「しかしねえ、鬼といったら、伝説上の存在ですよ。いいですか、あなた。そんなものがいると信じていらっしゃるのですか」

「信じちゃいませんよ。しかし、それが現実にうちにいるんだから、さわがずにいられなくなったわけです。信ずるということの基礎が、ぐらついてきた。この気分をわかっていただきたいのですよ、先生」

「わかりますよ、わかりますよ。では、順序だててうかがいましょう。その小鬼なるものは、いつからおたくにいるんです」

「二日前です。そとで遊んでいたうちの男の子が、夕方、暗くなって帰ってきた。その時、いっしょにくっついて、うちへ入ってきてしまったんです。それからずっといついてしまいました」

「なるほど」

「子供はそいつを鬼と思わなかったらしい。お面をかぶっているのかと勘ちがいしていた。しかし、電灯の明りでよく見たら、近所の子なんかじゃなく、鬼なんですからねえ。それからずっとうちにいるんです。うそだとお思いですか、先生」

「いや、うそだなんて言いませんよ。で、その鬼はあばれますか」

「いいえ、おとなしいもんです。空腹になることもないらしく、なんにも食べない。なにもしゃべらず、ただそこにいるだけです」

「それなら、いいじゃありませんか。それと共存してみる努力をなさったらどうです。環境へ適応することは、現代人に必要な能力です。べつに物質的な損害をこうむるわけじゃないし」

博士が提案したが、男は手を振る。

「とんでもない。うちはせまいんですよ。そこにいすわられては、どうしようもない。日常生活で不便このうえない。小鬼の姿がいつも目に入ってるんですからね」

「しかし、外出の時には留守番の役に立つでしょう」

「だめですよ。人目にふれては困るんです。来客があったら、小鬼のやつを押入れにかくさなければならない。あの家には鬼がいるなんてデマがひろまったら、ことでしょう。いや、デマならまだしも、本当だから大変なんです。そのうち、うわさが大きくなり、あそこでは鬼の子がうまれたなんてことになる。このへんの苦労をお察し下さい」

「そりゃあ、もう、お察ししますよ。あなたがその鬼をきらっていることは、わかりました。で、あなたがた、追っ払う努力をなにかなさいましたか」

「やってみましたとも。まず豆をぶっつけてみた。ヒイラギの葉をつきつけてみた。どっちもだめでした。遠くから神主や坊さんを呼んできて、お祓《はら》いをやってもらいました。なぜ遠くから呼んだかというと、近所だと評判がひろまるからです。金ばかりかかる。しかし、なにをやってもだめ。万策つきはてた感じです」

「それからどうなさいました」

「その時ですよ。ふっと先生のことが頭に浮んだのです。これはきっと、幻覚にちがいない。うちの家族の集団幻覚というやつかもしれない。そうとすれば、先生にご相談するのが一番だ。それで、ここへかけつけてきたわけです。あらましの事情はおわかりいただけたでしょう」

「ええ、なんとかね」

博士がうなずくと、男は身を乗り出した。

「どうしたらいいでしょう」

「やっかいな現象ですな。あいにくとわたしも、集団幻覚による鬼についての文献を読んだことがない。したがって、それの消し方を聞かれても……」

「そんなことおっしゃらずに、知恵を貸して下さいよ。わたしにくらべれば、この分野では先生のほうが専門家だ。お医者さんには人助けの責任があるはずだ。お願いです。お礼はいくらでも払いますから」

男に泣きつかれ、博士はしばらく腕組みをし考えてから言った。

「どうでしょう、おたくのみなさんで力をあわせたら、その小鬼を取り押えることはできそうですか」

「そんなこと考えてもみませんでしたが、相手はそう強そうじゃないから、できないことじゃないでしょう」

「では、それをやってみたらいいと思いますよ。そして、夜になってから運び出し、よそのうちの庭にでもほうりこむのです。これはですな、家族のみなさんが幻覚を目の前から消すための確認行為。つまり、自分をなっとくさせる一種の儀式みたいなものです」

「まあ、だまされたと思って、やってみましょう。しかし、それでおさまるのですか。再発しそうな気がしてなりませんが」

「ですから、薬をさしあげましょう。しばらく連用なさってみて下さい。高価な薬で、効果確実というわけでもない。こういうことには健康保険も使えないので、あまりおすすめはできないんですが……」

「いただきますよ。またあの幻覚がうちに出現しては、たまったものじゃない。わらにでもすがりたい心境なんですから」

男は薬をもらって帰っていった。

つぎの日の午後、エフ博士のところへ、中年の婦人がやってきた。あいさつもそこそこに、たちまちしゃべりはじめる。

「ねえ、先生。あたし、困ってしまいましたの。朝おきて、庭を見たらですよ、そこになにがいたとお思いになります……」

「わかりませんな。クイズは苦手なもので……」

「苦手でなくても、わかるわけはございませんわ。鬼なんですから。小鬼なんです」

「まさか。あの、物語なんかに出てくる、つののあるやつがですか」

「そうなんですよ。てっきり夢かと思い、あたし、また眠りなおして起きてみたんですが、やっぱりそこにいる。コーヒーを飲んで眺めなおしても、ちっとも消えてくれない」

「お庭が荒らされましたか」

「べつに、そんなことはありません。しかし、いまのとこはおとなしくても、いつあばれだすかと思うと、気が気じゃありませんわ。なんとか追っ払おうと、飼っている犬をけしかけてみたんですけど、いっこうにこわがらない。なにか方法はないかと考えたあげく、ペット好きの知りあいのところから、サルとキジをかりてきておどかそうとしたけど、これもだめ。桃太郎の話は、あてになりませんわ」

「だいぶ、ご奮闘なさいましたね」

「こうなると、あたしも意地ですわ。で、つぎには保健所に電話をかけ、野犬捕獲係を派遣して下さいってたのんだんです」

「なるほど、それは名案ですな。結果はどうでしたか」

「こちらは犬しか扱わないから、だめですって。お役所ですわねえ。こういう時のために税金を払ってるのに。それならばと、こんどは民間のネズミトリ会社に出かけていって、たのんでみました」

「やってくれましたか」

「大笑いするばかりで、相手にしてくれない。あたしの頭が変なのか、冗談なのか、そんなふうにしか受け取ってもらえませんでしたわ。ネズミをやっつける薬をもらっただけ。だけど、あの小鬼はなんにも食べようとしないから、使いようがない。心細くなるし、不安でいらいらしてくる。どうしたらいいのと叫びたくなった時、先生のことが頭に浮んだんです。やはり、あたしの頭のほうがおかしいのかもしれない。これが幻覚だってことに、なぜもっと早く気がつかなかったんでしょう。最初にすぐ、先生のところへうかがうべきだったんですわ。先生、なんとかあの幻覚を消してちょうだい」

婦人にすがりつかれ、博士は言った。

「うまくゆくかどうかはわかりませんが、こうなさってみたらどうでしょう。小鬼に近づいて、袋をかぶせるんです」

「そんなことをして、大丈夫ですの。あばれたりするんじゃないかしら」

「元気をお出しなさい。幻覚を追っ払うには、勇気がいるわけです。袋につめこんだら、夜になるのを待って門のそとにでも出す。それから、警察に電話し、うちの前になにか落ちてるとでも電話すれば、運んでいってくれるでしょう。そのあとは、薬をさしあげますから、しばらく飲みつづけてみて下さい」

「はい、思い切ってやってみますわ。あんなのにいつまでも庭にいられては、たまったものじゃありませんもの」

婦人は帰っていった。

そのつぎの日。博士のところへ警官がやってきた。

「先生、なんとか助けて下さい。じつはきのう、所有者不明の拾得物がありましてね。その袋を警察へ持ってきてあけてみたら、なんと小鬼が入っていたというわけです」

「小鬼がねえ」

「お笑いになっては困ります。信じていただけないかもしれませんが、本当なんです。これには困りましたよ。留置場に入れるわけにもいかない。迷子あつかいもできない。そのうち外部にもれたら、うるさいことになります。あの警察には鬼がいるなんてことに、なってごらんなさい。せっかくこれまで築きあげた、大衆に親しまれる警察というイメージが、いっぺんにひっくりかえる」

「さぞお悩みのことでしょう」

「これは内密ですがね、なにかしゃべらせようと、ひっぱたいてもみました。鬼にはべつに人権もないから、かまわないでしょう。しかし、なにも自白しない。いかにひっぱたいても、痛くもかゆくもないというようすです。あいつは不死身のようです。箱にとじこめて倉庫に入れといてもいいわけでしょうが、あのなかに鬼がいると思うと、気が散って、いい気分じゃない。警察活動がにぶります。関係者一同、知恵をしぼったが、どうにもならない。議論が出つくした時、ふと頭に浮んだのが、先生のことです」

「また、なんでわたしのことを……」

「自分でもわかりませんが、先生ならなんとかしてくれるんじゃないかと思えたのです。お願いしますよ。早く片づけないと、警察の者ぜんぶが気が変になったと思われる。費用の点はご心配なく。特別に緊急支出をきめたのです。内密の支出ですから、税務署に申告しなくてもかまいませんよ。警察がこんなことをおたのみするのは、よくよくのことだからこそです。それだけ困っているのです。はい、これがそのお金です。よろしくお願いします。じつは、パトカーにつんで、そこまで連れてきているんです……」

博士の答えを待たず、警官はそとへ出て、木箱を運びこんできた。そして、それを残し、敬礼して帰っていってしまった。いやもおうもないのだ。

エフ博士は顔をしかめながら、その箱をあける。なかから小鬼が出てきた。博士はがっかりした口調でつぶやく。

「やれやれ、やっぱりだめだったか。この小鬼を近所の子供に押しつけ、やっかい払いにしようとしたが、またここへ戻されてきてしまった。鬼退治をやったという先祖のたたりか、おれのうみだした幻覚なのか、しばらく前からもうろうとあらわれ、だんだんはっきりしてきやがった。あらゆる文献を調べたが、退治法はのっていない。この鬼、おれだけにしか見えない存在なのかどうかためそうと、このこころみをやったのだが、どうやら他人にも見えるらしい。また、だれかが退治法をみつけてくれるかとも期待したのだが、だめだった。しかも、この小鬼、そばのやつの思考に空白ができると、そいつにおれのことを思いつかせる能力があるらしい。こうなったからにはだな……」

博士は首をかしげ、自分に言いきかせる。

「……当分のあいだ、いまの方法をくりかえしつづけるとするか。気づかれないよう、だれかに押しつけるというわけだ。そのたびに、けっこういい収入となる。もしだれかが退治法をみつけて消してしまったとしたら、それはそれでありがたいことだ」

過渡期の混乱

いつのころからか、街頭にキャンディー売りロボットがあらわれるようになった。通行人を相手にキャンディーを売る。男の子に対しては「おや、元気のいいおぼっちゃん」と言い、女の子には「かわいらしいおじょうさん、おひとついかが」と言う。お客がおとなの男女である時は、それなりに言葉を使いわける。その程度の性能はあるのだった。

キャンディーが売れれば、お金を受け取り、必要な場合にはお釣りを渡し「ありがとう」とか適当にお礼を言う。たびたび買ってくれる子供には、景品としてバッジやハンケチをくれる。その程度の性能もそなわっているのだった。

通行人がしばらくとぎれた時には、小さな声で歌をうたうか、のろのろと歩いて、べつな街角や公園へと、お客を求めて場所を変えたりする。

決して目ざわりな存在ではなかったし、あいきょうもあり、けっこう人気もあった。子供たちは特に親しみを感じている。苦情はどこからも出なかったし、見なれてくると、都会の風物詩としてなくてはならぬもののように思われた。

ある日の夕ぐれ。職務によってパトロールしていた警官ふたり。ひとりが足をとめて言った。

「ちょっと待っててくれ。あいつに注意してくるから」

そして、横町へ入って、そこにいたやつに呼びかけた。

「おいおい、こんなとこで商売しちゃ困るぞ。このへんはそういう行為の禁止区域だ。法規に違反している」

あたりはうすぐらく、また、その警官は都会出身者でなかったので、それがキャンディー売りのロボットとは気がつかなかった。ロボットはすなおに答えた。

「はい……」

「悪いとわかったのなら、罰金を払ってもらわなければならない。払わないつもりなら、おまえを署に連行することになる。どうだ、払うか」

「はい……」

ロボットは請求された罰金を支払った。警官は領収書を渡す。

「よし、今後は気をつけ、きめられた場所で商売をするんだな」

それから彼は、待っていた同僚のところへ戻り、その話をした。同僚は笑いかけ、それからまじめな顔になり、冗談なのかどうかを考えるような複雑な声で言った。

「きみも変なことをしたな。いまのはキャンディー売りのロボットだぜ。知っててやったのかい」

「あ、そうだったのか。ぼくは都会にやってきてまもないし、それに暗かったので、つい勘ちがいしてしまった。罰金を取っちゃいけなかったのかな。しかし、みとめられてない区域で商売をしていけないことは、法規できまっている。ロボットだからみのがすとなっては、筋が通らないぞ。返してやることはないと思う」

「むずかしい議論になってきたな。その、徴収した罰金を返すべきかどうかは、ぼくにもわからん。かえって上司に相談することにしよう」

パトロールの警官のふたりは、自分たちの署に戻ってから、このことを上司に報告して意見を求めた。

つぎの日、署内で会議が開かれた。

「妙な問題がもちあがってしまった。これまでは、ロボットであるということで、なんとなく見すごされていた。罰金を請求してみた警官もなかった。まさかすなおに払うとは思わなかった。しかし、今回、そのまさかが起ってしまったというわけだ。どう処置すべきだろう」

「ほかの警察署や警視庁に問いあわせてみたが、前例がないそうだ。やっかいなことになってしまった。罰金など取らなければよかったのだ」

「いやいや、これはいつかは直面しなければならないことだ。それに、いまさら返すわけにもいかないぞ。そんなことをしたら、それが前例となって、物売りロボットが禁止区域にのさばりはじめる。世の中には抜け目のないやつが多いからな」

「みなさん、これは論理的に考えればすむことですよ。ロボットから罰金を取ることには、たしかに疑義がある。しかし、あのロボットの持ち主から取るのなら、なんら問題はない。だからです。あのロボットの所有者を調べ、そいつに対し、かくかくの理由で罰金を徴収したと通告すればいいわけでしょう」

「なるほど、それもそうだな」

議論はまとまった。署のおえらがたがひとり、昨日のパトロール警官に案内させ、そのロボットのところへ出かけた。物売りロボットは着ている服のもようがそれぞれちがい、それで見わけることができる。おえらがたは質問した。

「きのう罰金を払ったのは、おまえだったな」

「はい……」

「ところで、おまえの所有者はだれだ」

「そんなものはありません。だれにも所有されておりません」

「なんだと。所有者はいないというわけか。すると、おまえは自分で商売をしていることになるぞ」

警察官が驚いて念を押すと、ロボットは「そうです」と答えた。予想してなかった事態。

またも署内で会議が開かれた。

「というわけで、ロボットは自分で営業をしていると答えた。調べてみたが、からだのどこにも所有者の名は書いてない。あるいは、こんな場合を想定して、わざと所有者不明にしてあるのかもしれない。こうなると、これ以上の追究はできない。だれが作ったかの推定はできるが、立証はめんどくさいぞ。ロボットを分解し、部品ひとつひとつのメーカーを調べ、だれの注文で、どこへ納入したかを聞きまわるのは、大変な手間だ」

「といって、罰金を返すことはないぞ。このままでいいんではないか。所有者と称する人があらわれ文句を言いはじめたら、そいつに自己の所有だとの証明をさせればいい。そのあとで、そいつに罰金を切り換える手続きをとればいいのだ」

「それが妥当だな。法の盲点をくぐる知恵者があったものだ。いままで、ロボットだからといって違法商売を大目に見すぎてきた。もっとびしびし罰金を取り立てておけばよかった」

「これからは、その方針でいこう」

このことは、他の警察署へも連絡がなされた。このままほっておくと、ロボットにみとめてなぜ人間がいけないのだと、違法商売をはじめる者が出現しかねない。

警官たちは、禁止区域のキャンディー売りロボットを見つけると、どんどん罰金を取り立てた。手間はほとんどかからない。くどくど弁解したり、理屈をこねたりせず、すなおに正確に払ってくれるのだ。

その光景を見て、警官のふりをして罰金を取ろうとしたものがあったが、これは成功しなかった。金を出しかけたロボットは、領収書を請求し、相手はそれを出せなかったからだ。正規の領収書かどうかを識別する能力もあるらしかった。

警察に関しては、いちおうそれで片がついた。しかし、税金関係の役所は、その情報をもとに会議を開いた。

「警察のほうでは、街頭のキャンディー売りロボットから、罰金を取りはじめたという。ロボットに質問したところ、みな自分で営業しているのだとの答えだったため、そのような方針にきまったのだそうだ」

「となるとだな、ロボットは罰金を支払いうる金を持っているということになる。さらにいいかえれば、営業をして利益をあげているということになる」

「これをほっておいては、やっかいなことになるぞ。ロボットは利益をあげても、税金を払わなくていい。それなら、おれたちはなぜ払わなくちゃならないのだ。こんな文句がきっと出る。税金のこととなると、なにかきっかけをみつけて不満を表明したがるやつが多いからな」

「放任しておくことはできない。警察では実質的所有者の調査をあきらめたらしいが、キャンディー・メーカーの商略にきまっている。ロボットたちのあげている利益への税は、キャンディー会社が払うべきものなのだ。巧妙な脱税だ。徹底的に調べて、これまでのぶんも過去にさかのぼって、ごそっと取り立てよう」

税金関係の調査官は、キャンディー会社におもむいた。まず質問。

「街頭でキャンディーを売っているロボットについてだが、あの利益については脱税の疑いがある。いったい、どうなっているのです」

「脱税しているなんて誤解です。うちは商品をおろしているだけのことです。わが社の支店や出張所に、ロボットたちが現金を持って商品を仕入れにやってくる。だから売ってあげるのです。現金取引きなら、相手が犬だろうが、お化けだろうが、売りますよ。これが企業というものです。あのロボットは当社の所有ではないのです。脱税だなんて妙なうわさを立てられては、迷惑です。なにか証拠があるならべつですが……」

会社の帳簿類を調べたが、その言いぶん通りだった。これでは税金の取り立てようがない。

税金関係の調査官は引きあげざるをえなかった。ああいう物売りロボットのようなまぎらわしいものは、世の中から一掃してしまうべきなのだ。しかし、そんなことを公然と発言するわけにはいかない。

すぐ反対論が出るにきまっている。子供たちに人気があるものを、一掃してしまうなんてかわいそうだ。第一、われわれになんの害も及ぼしていない。眺めて不快になる存在でもない。それを、ただ税務署のつごうという点だけで取り払おうなんて、あまりにも勝手すぎると。

税金関係の役所は、物売りロボットからも所得税を徴収すると発表した。

事態はそれで片づきかけたのだが、物好きな人間があらわれた。裁判を趣味とする性格の持ち主だった。ロボットから税を取るのはひどいではないかと、おせっかいな主張をかかげた。金を出して弁護士をやとい、ロボット側につけ、訴訟をおこさせた。

ロボットが訴えをおこすのは異様だったし、一時的には話題になったが、結果はすでに予想されている。世の人びとは、税を払わぬものが他に存在するとなると、がまんがならない気分になるものだ。自分以外のところから税を取るのには、いつでも例外なく大賛成する。

法廷は判定を下した。ロボットといえども、利益をあげているからには税を払うべきである。ほかのどこからも取りようがないからだ。ロボットに免税特権をみとめたら、それを利用して脱税をはかる者が続出し、税の体系が崩れてしまう。それを考えたら、こう決定せざるをえない。

かくして、ロボットは所得税を払うこととなった。ロボットはごまかしたりせず、正直に払う。そうなると、一般の人は一段とキャンディー売りロボットに親しみをおぼえた。いままでとちがい、正直という美徳をロボットのなかにみとめてしまうのだ。正直ならざる人が心のやましさをごまかすために買うせいか、ロボットのキャンディーの売上げはいくらかふえた。そんなことで、ロボットにとっての税金による損失は、あまりなかったのではなかろうか。

突発的事件が発生した。キャンディー売りロボットがけっこう現金を持っていることを知ったある男が、ロボットをぶちこわして金を奪おうとしたのだ。

それは不成功に終った。体内の金属は丈夫な合金でできており、金を取り出すことができなかった。しかし、電子部品のたぐいはその時に破壊され、修復不能となった。すなわち、人間でいえば死に相当するところだろう。

たまたま、そのロボットは仲間のロボットを受取人にし保険をかけていた。保険会社の勧誘員がロボットをくどき、傷害保険に加入させていたというわけ。なにかの事故でロボットの手か足かがもげた時に、さっと新品とつけかえてやれば、だれにとってもいいことではなかろうか。また話題にもなり、保険会社のPRとして効果的でもあろうという意味からだった。

しかし、手足ですまず、死んでしまったのだ。計算外のことだったが、内密にしておいては会社の信用にかかわる。残った破片をもとにロボットを作るとなると、契約額以上の金を使うことになる。指定された受取人のロボットに、死亡の際の金額をさっと支払い、それで打ち切りにしてしまった。

保険会社のほうはそれですんだが、それですまない波紋が他に及んだ。生命保険会社が死亡と認定したのだ。となると、殺人ということになるのではなかろうか。

いったい、ロボットをこわした時の罪名はなんだろう。器物破壊がこれまでの常識だったが、器物とするなら、その所有者がいなければならない。所有者はだれなのだ。いままでのいきさつから、警察も税務署も、ロボットの所有者はロボット自身であると、うやむやのうちにみとめてしまっている。それが慣行となっている。

なにかが存在し、それ自身がその所有者である。人間の肉体と同じことではないだろうか。個人の肉体は、それ自身が所有者である。その肉体が回復不能にまで破壊された。死亡といえそうな感じがしないこともない。となると、その行為は殺人だ。

こんな意見を耳にし、つかまった犯人は青ざめた。留置場のなかでわめきたてたりする。

「むちゃだ。それなら、おれがロボットに殺された場合、ロボットを処刑したり、懲役にしたりするというわけか……」

しかし、ロボットは人間に決して危害を加えないように作られているらしく、これまでそういった行動はなにもなかった。だから一般の人たちは、だれもそんな恐怖を感じたことはなかった。犯人の叫びは、あまりぴんとこなかった。

その事件の裁判は、ちょっとのあいだ話題になったが、やがて忘れられていった。議論ばかりされ、いつ終るとなくつづいている。

しかし、自動車を運転する者は、ロボットに対しても気をつけるようになった。はねとばしたりし、どこかをこわしたりしたら、治療代だの損害補償金だのを、ロボットから請求されることになるかもしれない。いまの風むきだと、とられないですむという保証はなにもないのだ。

そんななかで、サービス業の分野でのロボットが、しだいにふえていった。人手不足のためだ。商品の配達をするのや、簡単なアフターサービスをするロボットのたぐい。製品の流通ルートにはなくてはならぬ存在なのだ。

流通商品に関連した会社は、それらのロボットを作って世の中に送り出す。しかし、ロボットをかかえこんで支配下におくようなことはしなかった。金を貸すという形で、そのロボットに自分自身を買いとらせ、あとはそいつまかせとしたほうが、なにかと便利なのだ。貸した金は月掛けで返済される。途中で修復不能にこわれたとしても、保険の受取人になっていれば損はない。

ロボットに選挙権を与えるべきではなかろうか。こう考えた政治家があった。彼は党の幹部に相談した。幹部はあわててとめた。

「とんでもないことを思いついたな。よけいなことは発言せず、だまっていてくれよ。ロボットほどやっかいな問題はない。その場その場で、これまで適当に解決してきたのだ。変な本質論なんかやられると、ごたつくばかりだ」

しかし、新しい思いつきというものは、いつまでも内密にしてはおけない。その政治家は、だれかに先にしゃべられるのではないかと心配した。そうなるとことだ。おれが最初に発言し、ロボットたちの味方だということを示さなければならない。そして、ロボットの投票を独占したいものだ。彼はその爆弾的な提案をやった。

選挙事務をあつかう役所は、住民税を払ってないと困るとか、戸籍がないと扱いようがないとか、否定的な意見をのべた。しかし、その政治家は、住民税を払わせ、戸籍も作ってやればいいとやりかえす。

もしこの発言者が、社会的に尊敬されている宗教家かなにかだったら、成り行きはちがったものとなったろう。だが、政治家であったため、大衆に警戒心を抱かせた。反対の議論がもりあがった。

反対という方向さえきまれば、理屈はいくらでもつく。成人に達していなくては、選挙権は与えられない。ロボットに与えるのなら、うまれたての赤ん坊にも与えなければならない。そもそも、選挙権を与えるのなら、被選挙権も与えなければおかしくなる。そうなったら、われわれは機械に支配されることになる。それは暗黒の時代だ。

いったい、人間とはなんなのだ。そんな議論がながながとつづいた。これまた、いつ終るともしれない形勢だった。昔から数かぎりなく論じられ、いっこうに解決していない問題だ。そうすぐに判明するわけがない。いつまでもつづくということは、うやむやな結論をめざしているという意味。

一方、ロボットたちに対する、人間の新商売が出現した。つまり、こんなセールスマン。

「からだみがきの化粧品です。肌《はだ》の手入れをよくしておかなければいけません。これをお使いになってごらんなさい。ほら……」

などと言い、あやしげなミガキ粉を売りつけ、高い代金を巻きあげる。

「あの社の品はいけません。お肌をいためます。少しお高くなりますが、わが社の製品のほうがよろしゅうございます」

と、もっと高い代金を取るのもある。

「あなたの知能指数を高めてさしあげます。向上なさらなくてはいけません。ほかのやつらに差をつけたいとお考えになりませんか」

とロボットの内部のトランジスターをふやしてやり、これまた金をふんだくるやつもあらわれる。

「あなたの体質にぴったりの機械油。安物をお使いになるとさびつくもとになり、生存競争に負け、裏町でくちはてることになりかねませんよ……」

というのもある。その他さまざまな商売がはやりだした。手軽でけっこうもうかるのだ。

ロボット・マーケットが開発されたといえる。そんなわけで、ロボットたちのかせぎは、なんだかんだとふたたび人間の側に吸いとられる。ロボットの将来への恐怖など、だれも心配する者はいない。ずるさという、人間だけの持つ天与の能力。これある限り、ロボットなど恐るるにたらずだ。

しあわせなやつ

小さな宇宙船が地球の上空にあらわれ、ゆっくりと下降しはじめた。人びとの見まもるなかで、それはぎこちない着陸をした。やっとたどりつき力つきたといった感じで、横倒しになり、船体はばらばらになった。

待機していた救護班が急行し、なかにいたひとりの宇宙人を収容した。目つきが鋭く、青っぽい皮膚をしている点を除けば、地球人と似た外見だった。

医師たちは、地球人と同じ手当が通用するのかどうかを心配しながら診察したが、べつに負傷もしていなかった。

いくらかの期間と大変な手間とをついやしたのち、やっと会話が通じはじめた。地球人側は、さっそく質問する。

「この星へようこそ。宇宙の旅はいかがでしたか。あなたをお迎えでき光栄です」

「わたしも、ここへ来ることができ、うれしく思っています」

「どのような目的でおいでになったのですか」

「それが……」

「あなたの星はどこなのでしょうか」

「それが……」

話が進展せず、地球人側はいらいらした。

「われわれは心から歓迎しているのです。疑惑や警戒や不安のお気持ちは、お捨てになって下さい」

「その点はよくわかっています。しかし、なにも思い出せないのです……」

宇宙人は手で頭をなでながら言った。地球側の関係者はざわめいた。どうやらこの宇宙人、着陸の時に頭でも打ち、そのショックで記憶喪失になったらしい。みなで相談しあう。

「これはことだぞ。平和の使いなのか、なにかを警告に来たのか、スパイとして乗り込んできたのか、判断のしようがない。早くなんとかしなければ……」

「しかし、どう治療していいのかわからない。へたにいじって死なれでもしたら、それこそ大変。時間をかけ、記憶のもどるのを待つ以外にあるまい」

豪華な住宅が作られ、世話係、警備係、一流の料理人などが厳選の上で任命された。宇宙人はその待遇に不満を示さなかった。

時どき質問がくりかえされる。

「いかがでしょう。なにか思い出しかけたでしょうか」

「もう少しで思い出せそうな気分なんですが……」

宇宙人は申し訳なさそうに首をふる。こればかりは、周囲でいかにさわいでもしようがない。記憶の回復を待つほかないのだ。

「まだ思い出せませんか」

「わたしも努力しているんですが……」

状態に変化のないまま、年月がたっていった。全人類の注目と期待のなかで、宇宙人はとしとっていった。体力もおとろえてきたようだ。

また年月がたち、宇宙人は横になったままの姿で、かぼそい声で言った。

「わたしの寿命もこれで終りらしい」

「元気を出して下さい。あなたが地球においでになった理由を、知りたくてならないのです。なにか思い出しましたか」

「じつは、やっと思い出せた。わたしは自分の星で重罪犯人だった。死刑の制度がなく、からだじゅうに青いいれずみをされ、永久追放の刑に処せられ、ぼろ宇宙船に押しこまれてほうり出された。思い出すのもいやな恥辱。その意識に、着地のショックが加わり、記憶喪失となってしまったのでしょう……」

そう話し終え、宇宙人は死んだ。

顔

ひとりの男があった。子供はまだないが、平均点をつけうる妻がある。彼は普通の会社につとめていた。必死になって昇進競争をやることはあきらめたが、落後してしまうほどなまける気もない。まあ平穏な日常といえた。月日は春の海の干満のように、なまぬるくくりかえされて過ぎてゆく。

平凡な日常だった。しかし、そんななかにあって、その男の心の奥で、ひとつのものが芽ばえた。平凡さへの違和感といったようなもの。こんなことでいいのだろうか。これでは、人生のほうがおれを選択した形だ。おれが人生を選択すべきではないか。

そんな気分がしだいに高まり、蒸発への欲求となり大きく結晶していった。これまでの自己を消滅させ、まったく新しい道を進むということ。自由と充実とがあるはずだ。考えはじめると、それは身ぶるいするほど魅力的だった。

彼はそれをさらに完全なものにしようと思った。どういうことかというと、整形外科医を訪れたのだ。

「顔の整形をお願いしたいのですが」

と言う男を見て、医師は首をかしげた。

「むりになさる必要は、ないんじゃありませんか。平凡かもしれませんが、決してみにくいお顔じゃございませんよ」

「いえ、だからこそ、なんとかしたいのです。みにくくなってもいいから、個性ある顔を持ちたい。再出発し、個性ある人生を突っ走りたいのです。ぜひ、お願いします」

「では、しばらく研究させて下さい。一週間ほどお待ち下さい」

男の決心のかたいのを知り、医師はこう答えた。日数がたつと考えなおし中止する人もあるのだ。しかし、男はその日数を利用し、小さな部屋を借りたり、いろいろと準備をした。

そして、ふたたび医師を訪れる。

「顔を変えたいという希望は変りません。会社へも辞表を出してきました」

「それほど熱心なら、なんとかやってさしあげましょう。しかし、あとで気が変られては迷惑します。文句を言わないという書類への署名、料金の前払い。この二つをご承知いただけますか」

「もちろんですとも」

男は手術台へのぼる。麻酔薬の注射がうたれた。それがきいてくるのを感じながら、うすれゆく意識のなかの過去の生活に、男はそれとなく別れを告げた。

やがて、医師の声が聞こえてきた。

「はい、だいたい終りました。お気に召すかどうかわかりませんが、これがあなたの新しい顔というわけです」

男は目をあけ、鏡を受けとった。麻酔がまだ残って頭はぼんやりしていたが、それをのぞきこむ時は決意の上とはいえ、さすがに興奮がからだをかけめぐった。しかし、もはや引きかえせないのだ。男は鏡のなかの自分をみつめた。

そこには別人がいた。平凡さは消え、すごみや迫力のある、一癖ありげな表情があった。

「なるほど、これがおれの顔か」と男はうなずいたのち「お気に召すも召さないもない。別な軌道に移るのがおれの希望だったのだから、これでけっこうだ」

声帯の手術もされたためか、男の声は少し低くなっていた。医師は言う。

「まだ数日、入院なさっていて下さい。手術の傷あとが消えるまでです」

「そうしよう」

男は病室で、鏡を眺めながら日をすごした。眺めるものとしては、雑誌やテレビなどより、はるかに興味ある対象物だった。時には声を出して話しかけてもみる。これまでの、平凡な日常むきの口調ではふさわしくない。そういった新しい発見もできるのだった。

退院の日に医師が言う。

「これからの生活の、ご予定は……」

「そんなものはない。予定された人生に疑問を持ったからこそ、こうしたのだ」

「せいぜい、ご活躍を……」

医師の事務的な声をあとに、男は街へ出た。その日は一日、街を歩きまわることについやした。それだけでも刺激的なのだ。自分は他人のことを知っているが、他人はだれもおれのことを知らない。道でかつての同僚とすれちがい、まったく気づかれなかった時は、ぞくぞくするほどの解放感をおぼえた。夕ぐれになってきたが、彼はその気分をもっと楽しみたかった。

以前の行きつけだったバーに寄ってみる。そこの女性たちは彼を、はじめての客としてあつかった。好奇心と警戒の視線がそそがれる。男はそれを面白がりながら、酒を飲んだ。「じつは」と驚かしたくもなったが、そんなことをしたら、またもとへ逆もどりだ。

なんという快感。ほんとに、もっともっとはしゃぎたい気分。男ははしごをし、ひとり祝杯をあげた。だれにも言えない誕生日の祝い。

酔って回った何軒目かのバーでは、いやにもてた。店の女性たちが彼のまわりにやってきて、ちやほやした。まんざらでもなかった。新しい顔への、自信とか親しみとかいったものもわいてきた。そこの店では、支払いはこんどいらっしゃった時でもいいと言われた。彼はうれしくなり、何度もうなずく。そして、前から手配しておいた小さな住居へと帰った。

眠ってからの夢には、以前の生活が出てきたが、それは仕方のないことだ。なれてくるにつれ、むかしの夢は見なくなるのではなかろうか。

仕事さがしは、もう少ししてからでもいいだろう。男はつぎの夜も、昨日もてたバーへと出かけた。女性たちが迎える。

「あら、きょうもおいでいただけたのね、サブー」

男は昨夜も、サブーと呼びかけられたことを思い出した。なんのことだろう。名前を聞かれた時、酔ったでまかせで、三郎というありふれた名を回らぬ舌で口にでもしたせいかな。しかし、まあ、そんなことはどうでもいい。前日のようにもてながら、男はまた楽しく酒に酔いはじめる。

そのうち、バーの戸が開き、客が入ってきた。中年の、一見しただけではどんな職業なのか見当もつかないような人物。そいつは男を見て、そばへ来て肩をたたいた。

「おい、サブー。こんなとこにいたのか。ミカが会いたがってたぜ。彼女をさびしがらせちゃ悪いんじゃないのか」

「そうだな……」

彼はそうでも答える以外に、言葉を思いつかなかった。相手は言う。

「行ってやれよ。なんだったら、ちょうど車があるから、送ってやるぜ」

「じゃあ、そうするかな」

男は好奇心をくすぐられた。同時に、いくらか事情もわかってきた。どうやらおれは、そのサブーとかいうやつに似ているということらしい。もっと知りたいものだ。そのサブーと、ミカという女のことを。こういう顔にふさわしい生活なるものを、のぞいておきたい。

案内され、男はミカに会うことができた。

その女は高級マンションの一室にひとりで住んでいた。なかなかの美人。男を迎えてにっこりと笑った。

「あら、サブー。しばらくみえないから、どうしたのかと心配してたのよ」

「いや、ちょっと、いろいろあってね……」

あいまいに答え、男はようすをうかがう。豪華な部屋で、高価そうな洋酒がそろっている。ミカという女はそれをすすめてくれた。なぞめいた女だった。もっとも、彼にとってこの女がなぞであるのは当然のことだった。

女は微笑をたやさなかったが、あまり参考になることをしゃべらなかった。これもまた当然だろう。サブーと旧知のあいだがらなら、そんなことをあらためて話すわけがない。しかし、この女のほうだって、おれの正体は知らないのだ。男はそう考え、ここでもまた奇妙な興奮を楽しんだ。ひとときが過ぎた。

「じゃあ、またな」

と帰りかける男に、ミカという女は言う。

「あら、サブー。あなた、こないだここへ上着を忘れていったわ。いまのより、やはりこのほうがあなたらしいわよ。どこかおかしいと思ったら、そのせいだったのね」

奥から上着を持ってきて、着せかけてくれた。それは、いやにぴったりあった。一瞬、からだのなかを妙な感覚が走り抜けていった。しかし、鏡にうつしてみると、たしかにこの服のほうが顔に似合っている。

男はそれを身につけ、いままでの服を手に持って帰った。住居についてから、サブーなる人物について、なにか手がかりはえられないものかと、服のポケットをさぐった。内ポケットのなかに封筒が入っていた。あけてみると、かなりの金額の札束。

「驚いたな、これは……」

彼は目を丸くする。といって、返しに行くわけにもいくまい。正直にうちあけたら、ひとをからかったのかと怒られることになるだろう。えい、こうなったからには、この金は好きなように使わせてもらおう。

つぎの日の昼ちかく、男の部屋の電話のベルが鳴った。彼は手をのばしかけてつぶやく。

「おかしいな……」

たしかに、おかしいことだ。顔を変えてから、この番号をだれにも教えていないのだから。しかし、ベルは鳴りつづける。まちがい電話かもしれない。彼は受話器をとって耳に当てる。老人の声がした。

「おい、サブーか」

「はあ……」

男は答えながら、少しふるえた。どうしてここがわかったのだろう。きのう、おれの帰るのをだれかがつけたのだろうか。いったい、この老人はだれなのだ。はじめて聞く声だ。本物のサブーならすぐわかるのだろうが。そんな感情におかまいなく、相手は言う。

「なあ、サブー。おまえが身をかくしたくなる気持ちはわかるが、連絡先ぐらい知らせておいてもらわんと困るぜ」

「はあ、申しわけありません」

「では、また連絡する。気をつけろよ」

そして、電話は切れた。

男はしだいに不安になってきた。おれはなにか、とんでもないことに巻きこまれかけているらしい。いや、すでに巻きこまれている。まるで見当がつかないことに。そもそも、サブーとはなにものなのだ。本物のサブーは、どうなってしまったんだ。

あらためて、くわしく服を調べてみる。しかし、札束の入った封筒のほかには、なんの手がかりも発見できなかった。それでも男は未練がましく、服をいじりまわしながら時をすごした。

夜になると、また電話が鳴った。さっきの老人の声。

「おい、サブー。そこにいては危ない。すぐにその部屋を出ろ。あすの朝までそこに戻るな」

「はあ……」

事情を聞きかえしているどころではなさそうだ。切迫しているけはい。彼は飛び出し、小さなレストランで食事をし、その夜は、あてもなく街を歩きまわった。歩きながら考えたが、濃い霧のなかにいるような気分。なにをどう考えたものかさえわからなかった。

恐怖もあったが、好奇心のほうも強かった。朝になり、おそるおそる部屋に戻ってみると、室内はだいぶ荒されていた。何人かがここへやって来たらしい。なにしに来たのだろう。なにかをさがしに来て、みつけることができなかった腹いせに、あばれまわったような感じだった。

めあてはなんだったのだろう。サブーそのもの、すなわち、おれがそれだったのかもしれない。もし外出しなかったら、おれがとっつかまったのかもしれない。それからどうなったのだろう。むりやり連行され、白状しろとせめたてられる場合だってありうる。その時、こっちはなにを言えばいいのだ。サブーじゃないと主張したって、信じてはくれまい。許しをこうため協力的になろうにも、白状の材料はまったくないのだ。そんなことのあげく、拷問されるかも……。

そこまで想像し、男は心のなかで悲鳴をあげた。

それに応じるかのように、また電話のベルが鳴る。いつもの老人の声。

「やあ、サブー。無事でよかったな。もう当分のあいだは大丈夫だから、心配はいらないぞ」

「はあ……」

「金はとどけておいた。郵便受けをのぞいてみろ。まあ、しばらく気ばらしをしていてくれ」

それで電話は終った。郵便受けには、また札束入りの封筒が入っていた。さほどありがたくなかった。おそらく、そのうち指令がくるのだろう。気まぐれで金をくれる人など、いるわけがない。なにをやらされることになるのか。

考えはいやなほうへとひろがり、それとともに男はたまらなく以前の生活がなつかしくなった。平凡ではあったが、そこではすべて、つじつまがあっていた。

外出すると、しらずしらずのうちに男の足は、かつてのわが家にむかう。家の近くで妻にであった。買物がえりらしい。男は反射的に声をかけた。

「あ……」

「なんですの」

ふりむいた彼女の、よそよそしい不審げな顔。それを見て男は、以前の自分ではないことを、あらためて思い知らされる。なれなれしくすればするほど、異様な印象を与えることになるだろう。男は言った。

「じつは、わたし、ご主人のむかしの友人なんです……」

「あら、そうでしたの。ちっとも知りませんでしたわ。前にお会いしましたかしら」

「わたしは存じあげております。で、ご主人はいま……」

「いまは会社へ出勤しておりますが、まもなく帰ってくるでしょう。うちにおいでになって、お待ちになりますか……」

「なんですって……」

男は叫び声をあげかけた。帰ってくるって、だれがだ。

「なぜ意外そうなお顔をなさるの。出張かとお思いでしたの。そんなことありませんわ。けさ出がけに、きょうはいつものように帰ると言ってましたもの」

「そうですか。ご主人はお元気ですか。お変りもなく……」

「ええ、おかげさまで。しいてあげれば、このあいだべつな会社へつとめを替えましたわ。代りばえしない会社ですから、どうってこともありませんけど。それまでの退職金で服なんか買い、それを着て帰ってきましたの。心機一転のつもりなんでしょうね。でも、うちでは相変らず平凡そのもので……」

彼女はちょっと笑う。それを聞いていて、男は胸のあたりがむずむずした。相変らず平凡という言葉に苦笑させられると同時に、妻の亭主なるやつはなにものなのか、足もとがぐらつくような感じがした。そんなことにおかまいなく、妻は言う。

「……で、あなたのお名前は……」

「サブーといいます。この名前を、最近ご主人は口になさいませんでしたか」

男は質問し、反応を期待した。

「妙なお名前ですのね。あたしは聞いたことございませんわ」

うそではなさそうだった。男は言葉をにごし、その場を去った。

男は自分の部屋に戻り、気分を落ち着ける。なにかを知ろうと動きまわればまわるほど、わけがわからなくなる。おれのいなくなったあと、どこからともなくやってきて亭主になりすましたやつは、だれなんだ。化けの皮をはいでやりたい。しかし、どなりこむ権利など、もうこっちにはないのだ。そして、いまのこのおれは……。

また電話が鳴った。例の老人の声。

「おい、サブー。いよいよ一週間後にやることにきまった。そのつもりでいてくれ。いいな」

「はあ……」

もう、こうなってくると、男はいてもたってもいられなくなった。顔を変えて、こんなことになろうとは。こっちの正体をだれにも気づかれないという状態、それを夢見たのだが、逆になった。おれ、すなわちサブーなるものを知ってるやつらが、周囲にたくさんいる。一方、おれのほうはなんにも知らない。

その夜、男は手もとにある金で、派手に飲み回った。しかし、少しも気分は休まらない。以前の生活への郷愁がつのるばかり。眠ってからいやな夢を見た。朝になって目がさめても、自分が悪夢のなかにいる点は同じだった。こんなことから脱出したい。もとの世界に、なんとしてでも帰りたい。それには、どこをどう通ればいいのだ……。

帰れる道はひとつしかなさそうだった。男はふたたび整形外科を訪れて言った。

「お願いします。たのめた筋あいじゃありませんが、もとの顔に戻していただきたいのです」

「そのお顔で、いいことがなかったわけですか」

「ひどいもなにも、ろくなことはなかった。おかげで、泥沼にふみこんだよう……」

「なんです、わたしのせいになさるんですか。そんなことおっしゃるのなら、勝手になさったらいいでしょう」

「いえ、あやまります。このままでは、どうしようもない。もっとひどいことにもなりかねない」

男は泣きつく。医師は言った。

「しかし、もとの顔となるとねえ、これはむずかしい。いまとはちがう、べつな顔つきではいけませんか」

「もとの顔がいいんです。冒険など、もうこりごり。あの平凡がいいのです。なんとかお願いできませんか」

「そうまでおっしゃるのなら、やってさしあげないこともありません。一週間ほどお待ち下さい」

「とても、そんなには待てません。もう少し早くして下さい」

「しかし、予約の順番というものがあります。それを乱すわけには……」

「そこをなんとか……」

「では、五日後といたしましょう。それ以上はむりです。いやなら……」

「いえ、それでけっこうです。そのかわり、五日後には必ずお願いしますよ」

何度も念を押し、男はいちおう引きあげる。それからの五日間、彼はびくびくし通しだった。いつ電話が鳴るかもしれない。予定をくりあげてやることにしたと告げられたら、ことわりきれないだろう。そして、なにをやらされるのかしらないが、うまくやれっこない。最悪の事態におちいるのだ。

男は部屋から逃げ出したくもなった。しかし、どこかで見張られているかもしれないのだ。かりに見張られていなかったとしても、どこへ逃げれば安全なのか、それがわからない。それがわかるのは、本物のサブーだけなのだ。

息をひそめ、内心で祈りつづけながら五日間をすごし、男は整形外科へ行く。麻酔がかけられる。手術がはじまる。

麻酔からさめて、男はふたたび以前の自分の顔になっていることを知った。医師は言う。

「ご満足ですか」

「はい」

「忘れてましたが、手術に文句はないという書類へのサインと、料金お支払いをお願いしますよ」

「はい」

男は傷あとのなおるのを待って退院する。そして、わが家へ。だが、わが家へ戻れるかどうか。おれになりすましているやつが、どう出るかだ。いや、そんな心配をすることはない。こっちが正当な亭主なのだ。ためらうことなく、たたき出せばいい。いざとなったら、腕ずくででも……。

勢いよく家にかけこむ。妻が迎えて言った。

「あら、おかえりなさい。また服を替えたのね。だけど、どうなさったの、息をきらしたりして……」

むかしと同じ迎えかただ。しかし、それでも彼は安心せず、いまにやってくるのだろうと、緊張でそわそわしつづけた。妻は言う。

「これから、どなたかいらっしゃるの」

「いや……」

夜になっても、だれもやってこなかった。その夜、男は眠れなかった。以前と同じ状態に戻れたこと、それがなかなか信じられなかったのだ。それと、ここでおれになりすましていたやつは、どこへ行ったのだという疑問。

頭のなかでさまざまな考えが流動し、やがて渦となり、ひとつの仮定になった。おれはあの医者にだまされたんじゃないのか。手術なんかされなかったのではないか。麻酔をつづけ、暗示を与え、ずっと悪夢を見させつづけるという方法。それがおれになされたのでは……。

それだったら、二回分の手術代をだまし取られたことになる。文句をつけようにも、書類にサインしたので、ねじこみようがない。医師にすれば、いい商売だ。代金の一部は妻にリベートとして渡され、そしらぬ顔で迎えるようにおぜん立てができていたのかもしれない。

どうなんだろうと考えつづける。しかし、疑問の渦はもうひとつの仮定をも作りあげる。現実に手術はなされたのかもしれない。そして、あの医師の計画にのせられかけたとも考えられる。巧妙におれをサブーとかいう架空の人物に仕上げ、いやおうなしに引きずりこみ、なにかの手先に利用しようということだったのかもしれない。

いやいや、もしかしたら、真相はもっともっと手のこんだものなのかもしれない。サブーなるやつも、おれの不在中におれになりすましたやつも、みな実在だったということだってある。

あのサブーというやつ、あぶなっかしい仕事にいやけがさし、蒸発を思いつき、それを完全なものにするため、どこかの整形外科へ行った。なんでもいい、べつな顔にしてくれとたのむ。しかし、なんでもいいと言われても、どう変えたものか、医者にはすぐイメージがわかない。なんでもいいという注文ぐらい困るものはない。具体的な見本のあったほうがいい。その連絡機関があれば便利だ。需要は形をとる。

つまり、顔の流通センター。こういう顔が不要となった。ご利用なさりたいかたはいないか。物も金銭も情報も流通性を一段と高めている時代だ。顔だけがなんで例外でいられよう。申込みを受けてからの数日間のあいだに、適当な他の顔との交換が成立し、手術がなされてできあがりとなる。おれはサブーとかいうやつの顔を押しつけられた。サブーはいまごろ、だれかの顔をうけついで、どこかにいるわけだろう。おれのあとでサブーの顔にされたやつは、いやおうなしにひどい目に会ってるのではなかろうか。いや、これこそ求めていた生活だと、張り切っているだろうか。

留守中におれになりすましていたやつは、因果を含められてべつな顔にさせられ、おれに席をあけわたした。あっちへはめこみ、こっちへはめこみ、ちょうど人間を使ってはめ絵あそびをやっているように……。

仮定はいろいろと思いつく。しかし、男はそれらをいちいち調べてみる気にはなれなかった。調べる気になればわかるかもしれないが、どうわかったとしても、いやな気分になるばかりだ。

男は新しくつとめ先をさがし、また平凡な毎日をすごしはじめた。しかし、生活の外見は平凡だったが、ひまな時に頭に浮ぶ思い出は、決して平凡ではなかった。

目撃者

泥棒を職業とする男が二人。彼らはアール氏の家を指さし、こんなことを話しあっていた。

「おい、いい情報を聞いてきたぞ。ここだ、うちじゅうで旅行に出かけたらしい。留守番は耳の遠い老人ひとりだ」

「この家の主人は、遊園地などを大きく経営している社長だったな。最近は景気がいいというわさだ。うまくいったら、さぞ収穫も多いだろう」

「こうなると、手をこまねいて見すごすことはできない。さっそく侵入し、札束をいただくことにしよう。金庫をこじあける道具を用意してくれ」

「よし、今夜にでもやろう。ぐずぐずしていて帰宅されては、おしまいだからな」

かくして相談はまとまり、夜になるのを待ち、二人は門を乗り越えてしのびこんだ。

そっと建物に近より、留守番の老人の部屋をのぞいた。ぐっすりと眠っている。ためしに窓ガラスをたたいたが、目をさまさない。これなら、ゆうゆうと仕事をしても大丈夫だ。

二人の泥棒は安心し、金庫のある部屋の窓をあけ、なかへ入った。懐中電灯で照らすと、金庫はすぐに見つかった。彼らは話しあいながら作業にかかった。

「大型だけど、これなら簡単にあけられるぞ。いつか入った映画女優の家にあったのと、同じ種類のものだ」

「考えてみると、おれたちもずいぶん金庫やぶりをしてきたものだな。これが成功すれば、ちょうど十回になる」

「おれたちは慎重に行動し、いままで人に見られたことは一回もない。証拠も残していないし、この調子だと、まあ永久につかまらないだろうな」

やがて、扉をあけることに成功した。ひとりは持っていたネジまわしをほうりあげ、思わず歓声をあげた。

「ばんざいだ。なかを見てみろ。すごい札束だ」

ネジまわしは部屋のすみに飛んで音をたてた。二人は首をすくめ、顔を見あわせた。しかし、耳の遠い老人だから心配ないと気づき、札束を袋に移しはじめた。事実、だれかが聞きつけたけはいもなかった。

しかし、その時。どこからともなく声がした。

「とりましたね……」

とかいう男の声だった。彼らは驚き、懐中電灯をふりまわした。そして、その光で声の主をみつけた。

部屋のすみの暗がりにロボットがいた。大きく丈夫そうな金属製だった。丸い目と細長い口を持ち、顔つきはあいそがよかった。

しかし、二人はあわてた。逃げたものか進んだものか、すぐには判断がつかない。立ちすくんだまま相談した。

「こいつはなんだろう。なんでこんなところにいるんだろう」

「おれたちにむかって、とりましたね、とか言った。おれたちのやることを、見ていたにちがいない」

「守衛ロボットか。これはとんでもないことになったぞ。どうしたものだろう」

彼らは、なおよく観察した。ロボットの目は光っている。どうやら、レンズがはめこまれているらしい。それを通して、犯行を目撃され、内部に記録されてしまったかもしれない。また、いま顔を近づけたため、人相も覚えられてしまったかもしれない。

もしかしたら、耳を通して、さっきからの会話が録音されているとも考えられる。となると、いままでの悪事がみんなばれてしまう。十回も金庫破りをしてきたことが……。

「いずれにせよ、こいつをこのままにしてはおけないぞ」

「思いきってぶつかってみよう」

二人はおそるおそる近より、さわってみた。しかし、ロボットはべつにあばれようともしなかった。

「わりとおとなしいようだ。しかし、こいつに見られたり聞かれたりしたことを、そのままにしておいたら破滅だ。内部にある記憶装置の部分を、とりはずすなり、こわすなりしなければならない」

「もちろんだ」

彼らはロボットを分解しようとした。しかし、金庫にかけてはくわしく、自信もある二人だが、ロボットとなると、どう手をつけたものかわからなかった。

それに、ロボットは強い金属でできていて、高熱の炎を吹きつけてもだめだった。目のレンズがとけただけで、内部には及ばないようだった。そこがはっきりしないうちは、不安で立ち去ることができない。

「おい、こうなったら仕方がない。こいつをかついで運び出そう」

あとでゆっくり分解してもいいし、川に沈めるか地面にうめるかしてもいい。手をかけてみたが、重くてとてもだめだった。窓からそとへも出せず、二人はあきらめた。

「ロボットなら、歩くだろう。なんとか歩かせ、いっしょに連れて帰ろう」

しかし、どう命令してもだめだった。たたいてみても、けとばしてみても、びくともしない。彼らはついにため息をついた。

「もうだめだ。おれたちの悪事は、すっかりこいつに知られてしまった。警察に報告されたら、すぐに手配され、つかまってしまう。どうしよう」

「ほかに方法はない。盗んだ金はこの金庫にかえし、警察に自首しよう。少しは刑も軽くなるだろう」

はじめの勢いとは反対に、あわれな結論になってしまった。しかし、これが唯一の案だ。

二人はそうした。

つぎの日、警察からの連絡で急いでやってきたアール氏は、ふしぎがりながら言った。

「留守中にわたしの家に泥棒が入ったそうですね。しかし、金庫をあけたにもかかわらず、金を盗まずに自首したというのですね。なぜそんなことになったのか、わけがわかりません」

刑事は説明した。

「なぜって、あなたの作られた守衛ロボットのおかげですよ。ほんとに、すばらしいものをお作りになりましたね。正確に目撃してくれれば、逮捕したも同然ですよ。人間の目撃者だと、あわてたりして記憶があやふやになりがちですが、ロボットならその点はたしかです」

「よくわかりません。そんなものは、うちにはありませんよ。部屋においといたのは、遊園地で使うために作ったカメラマン・ロボットです。口からお金を入れ、鼻を押すと、十秒たってシャッターを切ります。とりましたよ、と言ってね。そして、口から写真を出してくれるのです。記念撮影にいいでしょう」

「なるほど、そうだったのですか。とりましたよ、というのを、とりましたね、と勘ちがいをし、やつらがあわてたわけですね。悪事の最中だと、そう聞きちがえもするでしょう」

刑事はうなずいた。アール氏はさらに言った。

「きっと、知らないで鼻を押したか、鼻になにかをぶつけるかしたのでしょう。しかし、フィルムは入れてなかったし、彼らはお金を入れもしなかったでしょう。だから、口から写真は出てこなかったはずです。それにしても、守衛ロボットとは面白いアイデアですね。いいことを教えてもらいました。いずれ、その方面への利用も研究し、大いにもうけさせてもらいましょう」

つかまった二人の泥棒がこのことを知ったら、さぞ……。

コーポレーション・ランド

自宅のソファーにねそべり、コーヒーを飲みながら、私は企業年鑑を読んでいた。いろいろな会社の内容を写真入りで紹介している本だ。ページをめくっているうちに、これからN産業を見学に行こうかなと思いついた。つごうを聞いてみよう。

私は部屋の片すみにあるテレビ電話のボタンを押した。押し終ったとたん、スクリーンにN産業の交換手があらわれた。フランス人形のような目の大きい、どことなくユーモラスな女の子だ。彼女はその目をさらに丸くし、私に話しかけてきた。

「ああら、お電話していただいて、ほんとにうれしいわ。あなた、すてきなかたねえ。あたし、ついふらふらっとしちゃったわ……」

彼女のうしろの壁には、社のマークとともに大きく社名が書かれている。だから「はい、こちらN産業でございます」など、わざわざ応答する必要はないのだ。すてきなかたと言われ、私はちょっと照れた。

「いやに、あいそがいいねえ」

「あら、おあいそなんかじゃないわよ。ほんとにそう思ったのよ。それでどんなご用なの。

退屈しのぎのおしゃべりだったら、冗談のうまい美人とかわってあげるけど……」

「用件はあるんだ。じつはね、そちらの会社を見学したいと思い、問い合せたというわけなんだ」

「ますます、すてきだわ。相手のつごうも聞かず、のこのこ乗り込んでくる人って、あたしきらいよ。どうぞどうぞ。ぜひいらっしゃってよ。お待ちしてますわ。あらあら、ここへの道順をお教えしなくちゃならないわね。じゃあ、その係にちょっとかわるわ……」

交換手の女性がウインクをし、画面が変った。そこには、やせた中年男の、地味な和服を着たやつがあらわれた。そして、言う。

「いよっ、旦那。この会社をごらんになりたいなんて、いきなかたでござんすねえ。さすが、ご趣味がいい。どっかへお迎えにまいりやしょうか。え、それには及ばないって。じゃあ、地図をお見せいたしやしょう。こんなぐあいで……」

スクリーンに地図があらわれ、私はそれをテレビ電話と連動しているポラロイド・カメラにうつした。だいたいの所在地はこれでわかった。私はそれをポケットに入れる。

そのN産業のビルは、なかなか大きかった。大きいばかりでなく、形状も悪くなかった。早くいえば、積木で作ったお城を大きくしたといった感じ。各部分は赤や黄や青や白の、明るい色にぬられている。

屋上には社旗が何本もひるがえっている。また、キューピーやクマの形をした大きなバルーンがあげられ、ゆらゆらとゆれている。一分ごとぐらいに、昼間用花火がうちあげられている。陽光を受け、金や銀のきらめきを空中にまきちらすやつだ。

入口のところに守衛が立っていた。ソフトをまぶかにかぶり、一九二〇年代のアメリカ風の服装をしていた。手に持っているのも、それにふさわしく、旧式のマシンガン。つまり、古めかしいギャングのスタイル。くわえタバコをし、顔をしかめ、低い声で私に言った。

「おい、ここになにしに来た」

しかし私は、さっきの電話で合言葉を聞いておいた。それを答える。

「ジョーの紹介だ」

「よし、通れ」

守衛はあごで私に合図をした。

ビルの入口を入ったところが受付。そこには童話にでてくる王女さまスタイルの女の子がいた。合成宝石なんだろうが、それをちりばめた冠をかぶり、長い白い服をつけ、にっこりと私に笑いかけて言った。

「魔法のお城へようこそ。どちらの王子さまですの」

「さっき電話で連絡しておいた者ですが、社内を見学させていただこうと思って、やってきたのです……」

「あら、そうでしたの。じゃあ、案内係をつけましょう。どんな動物がお好きですか。ウサギ、クマ、それとも……」

「そうだな。シカなんか悪くないな」

「じゃあ、そうしましょう」

受付の王女さまは、魔法の杖《つえ》でそばにあるドアのひとつをたたいた。すると、それがでてきた。シカの毛皮模様のワンピース型水着をつけた女。つまり、バンビ・ガールだ。なかなか魅力的だった。

「あたしがご案内いたしますわ。どんなところをごらんになりたいの……」

「どこってこともないな。まあ、この会社の特色のよく出ているところを見物したいというわけさ」

「それじゃあ、適当になかをまわりましょう。どうぞこちらへ……」

廊下にはムードミュージックが流れ、それにあわせて、壁や天井にうつるアニメーションのピエロや動物たちがおどっていた。香水を含んだ空気がただよっている。

廊下にそって金ピカのドアのついた部屋があった。

「ここはなんなのです」

と言いながら、私はなにげなくあけてみた。ドアの内側には、和服姿の若い男がいた。きょとんとしている私にむかい、身をかがめながらしゃべりだした。

「これはお客人。おひかえなすって。さっそくおひかえいただき、ありがとうさんにござんす。てめえ所属いたしまするは、経理部にござんす。経理部経理部と申しましても、いささか広うござんす。経理部のなかでもエリートの集る決算課にござんす。決算課と申しましても、これまたいささか広うござんす。企業報告作成の係を受持つ、けちな野郎でござんす。さ、どうぞ、ずっとなかへ……」

なかは畳敷きの広い和室になっていて、何人かの男たちが大きなソロバンをいじっていた。ソロバン型のコンピューター端末装置というわけで、いかなる高度な計算も正確にできるやつだ。金属製のメカニックな感じのより、このほうがはるかに情緒があっていい。

そのうち、だれかが声をあげた。

「手入れだ……」

私はそばの男に聞く。

「なにごとです」

「見まわり役人がやってきたんです。よけいなぼろをつかまれないように、問題になりそうな記録をかくさなければ……」

みな忙しげに動き、柱のかげのボタンを押したりしている。税務署の人が来たらしい。あるいは、それへの対策の演習かもしれないし、退屈しのぎのただの遊びかもしれないが、じゃまをしないほうがいいだろう。私はバンビ・ガールとともにその部屋を出た。

廊下が長くつづいている。

「これをむこうまで歩かなくちゃならないんですか」

「壁のアニメーションを見ながら歩けば、運動になっていいと思うんだけど、歩くのがおきらいでしたら、これをおはきになるといいわ」

バンビ・ガールは壁のボタンを押した。そこの下が開き、ローラースケートが出てきた。彼女はそれを私の足にはかせ、自分も足につけながら言った。

「さあ、これですべって行きましょう。くたびれないですむわ」

「スケートはあんまりうまくないんだがな」

「だったら、あたしのしっぽにつかまるといいわ」

というわけで、私はバンビのふわふわしたしっぽにつかまり、その長い廊下をすべった。途中ひとりですべれるかと私は手をはなし、たちまち廊下の壁にぶつかった。だが、やわらかい物質でできていたので痛くはなかった。そのあたりに、なかで物音のする部屋があった。あけてみると、そこはボウリング場だった。

何人かの男女が、ボウリングをやっている。私は案内のバンビ・ガールに言う。

「娯楽施設が完備していますね」

「いいえ、これは遊びじゃなくて、事務のひとつよ。コンピューターのボタンを押すかわりに、あのピンを倒せばいいように連動してあるわけなの」

「しかし、事務の進行が、それだけおそくなるんじゃないでしょうか」

「そこがねらいのわけよ。仕事のピッチのあがりすぎた部があるとする。そこだけが独走してしまうと、調和が乱れ、会社として好ましくない。それを調整するため、その部の者たちを一時的にここに移すことになってるの。ハンディをつけるようなものね」

「なるほど。いいアイデアかもしれないな。運動にもなるし」

そのとなりの部屋は、一段と豪華だった。天井にはシャンデリア、床には厚いジュウタン。中央には大きなルーレットがおかれてあった。台のまわりを数人の男がとりかこみ、回転をのぞきこみ、玉の落ちた数字を記録している。

「これはすごいな。豪勢なものだ。あれも事務のうちですか」

「事務のなかには、どっちにきめてもいい場合があるでしょ。そういうのはみんなここにまかせるの。いまは人員配置をきめてるようだわ。会社の運営はほとんどコンピューターで、それを扱う能力はみな大差ない。だから、だれがどの課にいてもそう変りない。また、ほうぼうの課を移動することで、思いがけぬ才能が発揮されることもある。それにはルーレットのような公平な装置で配置をきめるのも有効なわけよ」

コンピューターにも判断のつかぬことがある。人間には先入観なるものがある。それらの間隙《かんげき》を埋めるためにはルーレットも意義があるということらしい。

廊下をまがると、落ち着いた日本風の感じになってきた。私はバンビ・ガールに言う。

「悪くないムードですね」

「社長室と、社長用応接室があるの。ちょっとのぞいてみましょうか」

格子戸をあけると、女の声が迎えた。

「おいでやす……」

だらりの帯にぼっくりという姿の女。社長秘書らしい。彼女は私に、社長はあいにく留守ですと、きれいな京言葉で告げた。そして、応接室を見せてくれた。

こったつくりの和風の室。大きな机があり、絹のざぶとんが並べてある。香がたきこめてあり、かすかに三味線の音が流れている。そのむこうの室は、茶室らしかった。調和しているかどうかはべつとして、日本的なものが集っている。

「いいもんですな、こういうのも……」

「当社は国際的な企業でしょ。だから、外国のかたがよくいらっしゃるの。それにはこういうインテリアがいいというわけよ」

「そうでしょうね」

私がうなずくと、バンビ・ガールが言った。

「このさきには会議室が並んでいるの。第一会議室から、第二五まであるわ。インテリアもいろいろ。アラビア風、中世風、中国風、子供部屋風、未来風、さまざまよ。ごらんになりたい……」

「ぜひ拝見したいものですな」

これだけ各種の部屋があると、会議も楽しいことだろう。そのひとつで、企画部のある課の会議がなされていた。下町の神社の境内風といった、妙なつくりの部屋だ。列席者もまた妙な個性を発揮している。課長らしいのがしゃべっている。

「そうするってえと、おまえさん、なにかいい銭もうけのたねを考えついたとでもいうのかい。あたしゃ、なんとなく心配でならねえぜ。こないだなんか、大衆の好みは変っている、これに限りやすなんて言って……」

口調も身ぶりも、落語そのものだった。なかなかやりての課長らしい。これがビジネス口調だと、ぎすぎすした感じになり、注意されたことで腹も立つが、落語調だと当りがやわらかくていい。どなられても頭をかいていれば、それでかっこうがつく。

それに対し、若い社員が立って、手に持ったものを示しながら説明した。

「こんどこそ、すごい品ですぜ。新製品新製品といっても、あちらにもあるこちらにもあるという品とは、品がちがう。さて、お立合い。ここに取り出しましたる試作品。これあることにより、生活がぐっと楽しくなるという品だよ、お立合い……」

説明に熱が入り、聞いているほうもつい身を乗り出す。こういう口調だと、だれも退屈しないようだ。

そのほか、浪花節《なにわぶし》調のや、講談調のや、図表の説明を紙芝居調でやるのなど、さまざまなくふうがこらされていた。いずれにせよ、本人が内容をよく理解していればこそ、このようなことができる。だから会議の進行もスムースだった。

さらに廊下を進むと、ドアに〈極秘〉の文字をしるした部屋があった。私はバンビ・ガールに聞いてみる。

「ここはなんですか」

「特別情報部よ。他の企業の秘密をさぐったり、他社から潜入してくる産業スパイをつかまえたりするのが役目。ちょっとのぞいてごらんになりますか」

「いいんですか、見ても」

「大丈夫よ、ほら」

部屋のなかには、かなりの社員がいた。しかし、いずれもライオンやシロクマなどの動物のヌイグルミを着ている。つまり、顔がわからないようになっているのだ。口の部分には声を変える装置がついているらしく、みな妙な声で話しあっている。

まさに、漫画映画のなかにいるような気分だ。しかも、そのヌイグルミの連中、コンピューターをあやつったり、マイクロフィルムをのぞいたりしているのだから、どうみても異様だ。

その部屋を出た私は、案内のバンビ・ガールに聞く。

「タバコの自動販売機はないんですか」

「自動販売機はいけません。あれはドライすぎます。タバコのたぐいはこちらで……」

教えられた小部屋には、射的だの、クレーンでつりあげる装置だの、さまざまな遊び道具が並んでいた。ガムやキャンディーをそれで取ることができる。私は射的でタバコを入手した。

「これはたしかにドライじゃないな」

「タバコを吸うのは気分転換のためでしょ。それなら、タバコを手に入れる時にもそれをやれば、一挙両得ってわけよ」

私はまた廊下を進む。その時、照明がぱっと消えた。近くには窓がなく、あたりはまっくら。思わず立ち止ると、なにかぐにゃぐにゃしたものが、私のからだにさわってくる。私は反射的に悲鳴をあげた。

「きゃっ、助けてくれ……」

遊園地にあるお化け屋敷のような気分だった。やがて明るくなる。ぐにゃぐにゃしたものは両側の壁へと戻りつつあった。材質はやわらかなプラスチックらしかった。

「ああ、驚いた。いまのはなんです。えたいのしれぬ怪物に抱きつかれたような気持ちだった」

「いまのはね、身体検査器。さっき情報部の部屋に入ったでしょ。あそこからなにかを持ち出したり、なにかをカメラにうつしたかもしれない。それを調べるため、急に暗くして、あっというまに持物の検査をしたっていうわけ。もちろんX線での検査もしてるけど、念には念を入れたわけよ」

「そうだったのか。社内の管理体制はずいぶん厳重なんだな」

そのつぎには、大きな体育館のような部屋があった。温水プールで水球をやっている人たちがいた。また、鉄棒にぶらさがったり、逆立ちをしたりしている人もいる。私がそれを眺めていると、バンビ・ガールが言った。

「なにを考えこんでいらっしゃるの」

「あの人たち、どういう仕事をやっているのか、それを考えているところなんだ」

「あら、あれは仕事じゃないわ。ただの娯楽施設よ。もっとも、緊急会議のためにここを利用することもあるけど……」

「どんなふうに利用するんです」

「たとえば、プールで立泳ぎをしながら会議をする。長びかせるわけにいかず、すぐ結論が出るわ。一人の発言時間をもっと短くしようと思ったら、鉄棒にぶら下っている時間内に制限するのよ。簡潔にならざるをえないでしょ。いまあそこで鉄棒をやってる人は、そんな場合にそなえて、からだをきたえてるってわけよ」

「うまいやりかただな」

バンビ・ガールが私に言う。

「まあ、こんなとこね。で、いかが。わが社はお気にめしまして……」

「うん、悪くない。じつは、このあいだまである会社につとめていたんだが、そこはあまり遊びがいがないんで、やめちゃった。もっといい会社につとめようと、ほうぼう見学してまわったわけだが、ここはいい会社のようだ。遊びがいがある職場といえそうだ」

「それはよかったわね。じゃあ、社員採用係長にさっそくお会いになったら……」

採用係長の部屋へ行く。係長は肩に小鳥をとまらせ、書類を眺めていた。私はあいさつする。

「いま見学させていただきました。なかなかいい会社ですね。できれば、ここにつとめさせていただきたいと思います」

「では、経歴と特技をうかがいましょう」

「大学ではコンピューター一般をやりました。もっとも、これはだれでも同じことでしょうから、申し上げるほどのことは……」

「そういうことですな。聞きたいのは大学院での専攻のほうです。漫才を専攻した人材が欲しいとこなんですがね。生花でもいい。コンピューターにぴたりと合った生花、それで社内を飾りたいとも考えている……」

「わたしは手品を専攻しました。これが経歴カードです」

私はポケットからそれを出し、手のひらで消したり出したりした。つづいて、からだじゅうからタバコをつぎつぎに引き出し、それを机の上に立て、つみ重ね、白く長い一本の棒のようにしてみせた。

「なかなかやるねえ。これはみんなが喜ぶぞ。うちの社は、ひとを楽しませ自分も楽しむというのが方針だ。だから、他人を楽しませる能力のない人材は採用できないが、あなたはみこみがある。では、その経歴カードを調べさせて下さい」

係長はカードを受取り、机の上の装置にさしこみ、軽く口笛を吹いた。肩の小鳥がぴょんぴょんと飛び、くちばしでボタンをつつく。カードの照合がなされ、私の学歴と職歴とが確認された。係長は言う。

「これでよしだ。じゃあ、当社で働いてもらうことにするか。いつから出社できるね」

「なんでしたら、あしたからでも」

「では、そうしてもらおう。入社したからには、楽しくやってもらわねばならないよ。他の社員にまじめくさった印象を与えるようだったら、社の規則により、すぐやめてもらわなければならない」

「わかってますよ。では、よろしく……」

私はその部屋を出ようとしかけ、思い出し、係長の前へ戻って聞いた。

「ところで、この会社はなにを作っている会社なんですか」

「そんなこと、どうでもいいことじゃないかね」

「そういえばそうです。遊びがいのある会社なら、それでいいわけでした。それでは、あしたから出社します……」

判定

夜の住宅地の道。ひとりの男がそわそわした足どりで、時どき、うしろをふりむきながら歩いている。すると不意に呼びとめられた。

「おい、ちょっと待て」

「なんですか。急いでいるんですが……」

「わたしは刑事だ。このへんに窃盗事件が多い。その張込みをしているところだ。おまえには挙動不審な点がある。質問をさせてもらう。拒否すれば署に来てもらうことになる」

「警察なんかへ行きたくありません。ここで調べて下さい。しかし、わたしはなにも悪いことなどしてませんよ」

「それは、こっちできめることだ」

「あの歩き方は、わたしのくせですよ」

と男は弁解する。そして、服のポケットなど、相手の調べるのにまかせた。べつに、これといったものは発見されなかった。

「よし、もう行ってよろしい」

そう告げられ、男はその場をはなれ、さらに歩き、少し先で待っていた人物に言う。

「うまくゆきましたよ」

「で、どうでしたか、あなたの判定は」

「あれは気ちがいです。神経科医としての、わたしの診断にまちがいはありません」

それを聞き、警官はうなずく。

「お手数でした。やつが悪質なにせ刑事なのか、自分を刑事と思いこんでいる精神異常なのか、きめてがなくて困ってたところです。すると病院送りが適当ですな。では、いずれ謝礼は署のほうから……」

末路

自分の顔と名前とを売り、人気と金とを手に入れる。世の中にこれほど割のいい商売はなく、それをねらう人も多い。そして、それに至る方法とスピードはさまざまである。だが、それにしても、その青年の場合は驚異的だった。しばらく前までは、いくらかの才能があったとはいうものの、夜の安酒場で気炎をあげるだけの若者にすぎなかった。しかし、あれよあれよというちに、彼の顔と名を知らぬ者はないという状態になったのだ。

といって、悪魔と契約をし、魂を売り渡してその代償でそうなったというわけではない。いまや科学の時代、神の死とともに悪魔のほうも死に絶えている。かりに悪魔が存在していたとしても、その青年に、売り渡すだけの価値を有する魂があったかどうか疑わしい。

その青年はちょっとしたことで、ある芸能マネージャーと知りあい、契約をした。マネージャーは、青年にこう持ちかけたのだ。

「きみには才能がありそうだ。それを活用して、テレビやラジオ界に一大旋風を巻きおこしてみたくはないかね」

「それができたらと、いつも夢みつづけでしたよ。しかし、そういう機会にめぐまれなかったのです」

「いまがその機会だよ。しかし、やるからにはいいかげんな気分では困る。ふみ切った上は、途中でしりごみしたり逃げだしたりしては困るのだ」

青年は不安げに聞きかえす。

「まさか。しかし、不正じみたものがからんでるのじゃないでしょうね」

「とんでもない。その逆だ。正義そのもの、大衆の味方、そういったものなのだ。わたしの計画では、きみの名前は世のすみずみまで知れわたるはずだ。いや、なにもきみの一生をしばろうとは思っていない。まず、四カ月の契約でいい。住むところがないのだったら、わたしの家にとめてあげる」

「うまい話のようだな。やりますよ。どっちみち、ぼくはなにも失わなくていいみたいだ。ぜひ、やらせて下さい」

というわけで、青年は身柄をあずけた。内心では半信半疑だったが、たちまちその約束が現実のものとなった。

マネージャーはあるテレビ局と交渉し、ニュースショーのなかに五分ほど青年を出演させるよう話をつけた。青年はしゃべるだけでよかった。しゃべる内容は、マネージャーの抱えている台本作家たちが書いたものだった。

早くいえば「不親切摘発コーナー」といった形のものだった。こういうひどいサービスぶりが横行している。なんというなげかわしいことでしょう、あわれなのは庶民、といった報告をやる。当然のことながら、視聴者のほうも胸がむかむかしてくる。視聴者の胸をむかつかせるようにしゃべるのだ。これまでの類似番組では、その問題提起をしただけで終りだった。

しかし、この企画はそのさきがあった。そこで青年は態度を一変させ、逆襲に転じるというしかけ。その不親切をおこなった対象にむけ、毒のある皮肉をあびせ、痛烈にからかい、徹底的にいじめ抜く。

視聴者にとっては胸のすく思いだ。胸がむかついたあとだけに、その効果は特に大きい。自分だったら泣き寝入りせざるをえないだろうと、みじめさをかみしめていた。そこへ、正義の味方の強くて口のうまい俠客《きょうかく》があらわれ、さんざんに相手をやりこめてくれた。そんな気分になり、思わず手をたたいてしまうのだ。

もちろん台本と演出のおかげだが、青年もまたよくやった。すぐにこつをおぼえこみ、たくみにアドリブをおりこみ、表情や口調をくふうし、一段とその効果を高めた。

第一日目から印象的だった。二回目、三回目となるにつれ、視聴率はいちじるしく上昇した。視聴した者が知人に話し、その話題が伝わり、ひとつ現物を見てみるかと思った人が多かったわけだろう。

反響もすごかった。「よく言ってくれた」とか「あなたは庶民の怒りの代弁者です」という投書がつぎつぎに来た。知識人による、もって回ったこれまでの解説とやらへの、あきたらなさを表明していた。好評をみもふたもない形で分析すれば、こんなところか。つまり、人はだれも悪口が好きなのだ。しかし、各人それぞれの社会的制約があって、それを大声で言うことができない。制約がなかったとしても、度胸や才能の不足で、胸のなかの半分もいえぬ。そのもやもやを晴らしてくれる爽快《そうかい》さといえよう。

マネージャーは、それらの投書の山を青年に見せた。反論の投書もいくらかまざっていたが、そういうのは抜き出して捨て、賛成や激励のやつだけを見せた。青年は少しだけいい気になった。また、現実に視聴率は上昇している。いまや彼は、自分が時の人になりつつあることを実感した。

ひと月もしないうちに、青年はさらに有名人となった。ほかに大事件もなかったためか、週刊誌のグラビアが競って彼の写真をのせ、特集記事を掲載した。「歯に衣《きぬ》きせぬ毒舌の天才」とか「世界を嘲笑《ちようしよう》する男」とかいう賛辞がくっついた。さらに、もっともらしい論説さえあらわれた。

いまの社会はぬるま湯のごとき状態。べたべた、もやもや、なあなあ、まあまあ。そういった形容をする以外にない、われわれの性格の虚偽をひきさき、ドライで合理的な相互批判精神を導入しつつある。

青年はさらに少しいい気分になった。企画と台本のおかげでもあるが、当人は自分の才能のためと思いこむ。マネージャーはテレビ局と交渉し、〈当るをさいわい〉という単独番組に昇格させた。視聴率の高さは保証つきだ。だから、その番組の実現は、わりとスムースにいった。

かくして青年は一段と張り切った。いい気になっているため、こわいもの知らず。文字どおり、当るをさいわい、世の中のあらゆる職業にかみついた。レストランのウエイトレスなるものをやり玉にあげ、役所の窓口係にかみつき、セールスマンを嘲笑し、パトロールカーをいじ悪く皮肉り、とどまるところを知らなかった。当人もいい気分だった。こういうことを、なぜ今までだれもやらなかったのだろう。そう考え、彼は自分が社会改革の先駆者になったように思った。

視聴率は依然として高かった。大部分の人が快哉《かいさい》を叫んだ。もっとも、そのやり玉にあげられた職業の人を除いてだが。青年の人気はつづいていた。マネージャーはラジオの局からも仕事をとってきた。〈当るをさいわい〉のラジオ版だった。かなりの忙しさとなったが、青年は仕事になれてもきたし、なにしろいい気になっていた。だから、さほど疲労も感じなかった。

そして、契約の四カ月がすぎた。青年はマネージャーに言う。

「いちおう、これで契約はすんだというわけですね」

「そういうことになるな。では、さらに契約を延長するとしようか」

「しかし、いままでの契約じゃあ、ぼくはあまりにも割が悪い。これだけ世の中の評判になったのですよ」

「マネージャーとしての、わたしの努力もある。また、台本を書いた者たちの苦心もある。それを忘れちゃ困るな」

「ぼくの才能による功績のほうが、はるかに大きい。それは歴然たるものですよ。これからは、ぼくが独立してやります。台本のこつもおぼえてしまった。そもそも、ぼくのアドリブによる部分のほうが、はるかに受けてたじゃありませんか」

交渉は芸能界によくある形へと発展した。しかし、マネージャーのほうは、意外にあっさりと承知した。

「そう決心がかたいのでは、しようがないだろうな。好きなようにやりなさい。きみの今までの取り分は、精算してある。いますぐお渡ししよう。しかし、独立したからには、わたしの家にいられては困る。よそへ行ってくれ」

「いいですとも」

というわけで、青年は独立と自由を手にした。それに、まとまった額の金も手にした。四カ月前にくらべると、なんという変りようだ。無名の金のない若者にすぎなかったのが、いまでは世のすべての人が彼の名を知っている。前途も明るくひらけている。

彼はひとまず、あるホテルに居を移した。

青年は三日ほど、そのホテルでぼんやりとすごした。なにしろ、この四カ月間、休むひまなく活躍したのだ。しばらくは、なにもせず休養したかったのだ。どこからも電話はかかってこず、のんびりできた。

しかし、ホテルのサービスはあまりいいほうではなかった。これは面白くないことだ。以前にも、ホテルのボーイのサービスの悪さをやり玉にあげたことがあったが、いっこう改善されてない。また取りあげることにするか。いったい、自分の職務をなんと心得ているのだ。おれをだれだと思っているんだ。

そのうち、ホテルの支配人がやってきて言った。

「まことに申しわけございませんが、数日後に外国から団体客がやってきます。前からの予約のかたでして、このお部屋もあけていただきたいと思いまして……」

「いいとも。よそへ移ろうと思ってたとこだ。しかし、きのうから歯が痛んできた。その治療もしたいし、べつなホテルを予約しなければならぬ。三日後にここを引き払うことにする。それでいいか」

「はい。けっこうでございます」

話はきまった。青年は近くにあった歯医者へ出かけ、そこで治療を受けた。それは治療などと呼べるしろものではなかった。医者の手当ても、看護婦のあつかいも、めちゃくちゃをきわめた。共謀して彼を痛めつけているようだった。あまりのことに、彼は帰りがけに、すれちがいに入ってきた患者に聞いた。

「あなた、よくこんなひどい医者にかかりますね」

「いいえ、上手な先生ですよ」

「そうかねえ」

　青年はホテルにもどり、部屋で酒を飲んだ。歯はさっきより悪化したようだ。うめきながら痛みをこらえているうちに、いやな想像が頭に浮んできた。以前に〈当るをさいわい〉の番組で、歯医者を皮肉ったこともあったし、看護婦に毒舌をあびせたこともあった。そのせいかもしれない。おれの顔を見たとたん、そのことを思い出し、しかえしをする気になったのかもしれぬ。

　人間というものは、他人のやっつけられたのや、自分のほめられたことはすぐに忘れる。しかし、自分がやっつけられたことは、なかなか忘れない。忘れかけていても、相手の顔を見ると、とたんに鮮明に思い出す。

　となるとだ、よその歯医者へ行っても同じ扱いをされかねない。こりゃあ、ことだぞ。青年は不安になってきた。しかし、いずれにせよ、べつなホテルに移ることのほうが当面の問題だ。彼は電話の受話器をとった。だが、なんの応答もない。

　交換手め、と腹を立てかけ、また彼は思い当った。そういえば、テレビで交換手を皮肉ったことがあった。そのしかえしをされているのかもしれぬ。だいたい、ここに移って以来、外部から電話のかかってきたことがない。かかってはくるのだが、お部屋においでになりませんと、交換手が勝手に返事をしてしまっている。そういうことも考えられるぞ。そもそも、このホテルのサービスの悪さも、かつて連続してやった徹底的ホテル批判に対する、しっぺ返しかもしれぬ。

公衆電話は、さすがにすぐ通じた。しかし、どのホテルも彼が名を告げて予約を申し込むと、うまい言いまわしで断わってきた。変名で申し込むとうまくいったが、いざ移ろうとして出かけて行くと、彼の顔を見て、あいにくと満室でと断わられた。抗議をしようにも、変名を使ったという弱味があるため、あまり強くはできなかった。どこのホテルからもしめ出された形だった。

まあ、いいさ。ホテルばかりが住居じゃない。金はあるんだ。マンションでもなんでも借りればいい。青年は不動産の仲介業者をまわったが、思わしい結果は得られなかった。かつてテレビで、不動産業者に毒舌を集中し、からかい抜いたことがあり、すごい反響だった。しかし、その反響はすでに過去へ消えたもの。うらみだけが現実に残っていて、彼がいかに金を見せても、ぜんぜん相談にのってくれなかった。

いままでのホテルに泣きつき、なんとかもう少しいさせてもらおうと思ったが、専属のガードマンに追いかえされた。かつてのガードマン批判のむくいも、ここで受けなければならなかった。

どこへ行けばいいのだ。行先は考えつかなかったし、行きようもなかった。すなわち、タクシーへ乗ると、たちまち、故障のようですとおろされてしまう。タクシーの運転手を毒舌のむちでたたいたことのむくいだった。バスへ乗ろうにも、運転手は彼の顔を見ると、気づかぬふりをして停留所を通りすぎる。鉄道に乗ろうとすると、改札でいじわるをされ、車内では検札係が彼めがけてやってきて、さんざん調べあげる。合法的なので、拒否のしようもない。まわりの乗客たちは、だれも助けてくれない。青年の顔はだれでも知っている。しかし、しらん顔なのだ。そういえば、あいつ自身だけはまだやり玉にあがっていなかったな、その埋合せをされるべきだ。みながそう思っているような目つきだった。

いまさら顔を出せた義理じゃないのだが、恥をしのんで、かつてのマネージャーを訪れた。いうまでもなく、いい返事はなかった。

「わたしだって、この道の専門家。ばかじゃありませんよ。この企画はせいぜい四カ月と予想した。切りあげ時を知ってました。きみが独立を口にしたので、内心しめたでしたよ」

とりつくしまがない。青年は食事にありつくのさえ一苦労だった。どこのレストランも、かつてのかたきをとるのはこの時とばかり、従業員たちがいやがらせをやる。スーパー・マーケットで買物をすると、底の破れかけた紙袋に入れてくれる。だから彼は、品物を道にぶちまけ、あわれなことになるのだった。他の客たちはいじわるをされていないので、抗議に同調してくれない。彼は自動販売機に抱きついて泣く。

「おまえだけだな、おれの味方は」

青年はついに腹にすえかね、警察へ訴え出た。こういう扱いは、あまりにもひどすぎる、なんとか警告して下さい。だが、親身に相談にのってはくれなかった。警官だって人間、かつてあしざまに言われたことを、簡単に忘れているわけがない。それに、被害の立証ができないのだ。証人になってくれる者がない。警察は内心にやにやしながら、表面は同情したような回答でお茶をにごす。

「被害妄想《もうそう》というやつじゃないでしょうか。あなたがそう思いこんでるわけですよ。神経科のお医者にみてもらい、入院でもなさったら……」

青年のほうは、それ以上なにも言えない。しかえしをされ、いじめられてるのが事実でも、立証できないのだ。神経科に入院できればいいのだが、それもまた無理なのだ。かつて神経科の医者なるものを〈当るをさいわい〉でやっつけてしまっている。どんな目にあわされるか、わかったものじゃない。

青年は弁護士事務所にかけこむ。おれは村八分にされている。警察もとりあげてくれない。人権問題だ。こんなことが許されていいものか。法律の保護を求めたい。

しかし、弁護士は答える。

「事情はまことにお気の毒です。しかしねえ、あなたに力を貸すと、同業者からうらまれ、ひどいことになってしまうのでね。ええ、どうせわれわれは三百代言《だいげん》ですよ」

かつて弁護士をやっつけた毒舌が、山びこのごとく、時間的間隔をおいて、いま戻ってきた。

もうこうなると、青年は浮浪者か乞食《こじき》にでもなるほかなかった。しかし、それすらだめなのだ。浮浪者や乞食をもやっつけている。彼を仲間に入れてはくれまい。

そうだ、外国に行けばいい。なにもこの国だけが世界じゃない。しかし、この思いつきもうまく進行しなかった。以前に、旅行業者のもうけ主義を、さんざんにやっつけたことがあったし、わが国に来ている外人を痛烈に批難したことがあった。出国の手続きはいっこうに進行しない。だが、進行するのがいいことかどうか。彼は空港もやっつけたし、航空会社をやっつけた実績の所有者なのだ。巧妙にどこかへおきざりにされかねない。

最後のたのみと、青年は社会運動家に助力を求めに行く。あまりにも不当ではないか。なぜ、おれだけがこんな目に会わなければならないのだ。新聞や雑誌のやってるのと大差ないことを、おれはやっただけだ。今回のことだって、おれだけの責任じゃない。テレビ局、マネージャー、台本作家、みんなの共同責任のはずだ。彼は主張したが、その答えもつめたかった。

「それはそうだがね。新聞、雑誌、テレビ、ラジオ。どれもたしかに各方面の批判をやっている。しかし、それらには顔がないってわけさ。あなたには顔がある。うらみとか、しかえしとかは、具体的なものに対してなされるものだ。つまり、あなたの顔にむけてというわけですな」

このそっけない返事から、青年の記憶にはなかったが、かつて社会運動家の偽善を徹底的にやっつけたこともあったかなという気分になった。すごすご引きあげる。

なるほど、すべてこの顔のせいなのだ。おれの顔が、みなのうらみを呼びさます。顔、顔。青年はそのことを考えつづけ、ついに決心し、整形外科医にかかることにした。別な顔になる以外にないのだ。

しかし、どこへ行っても断わられた。どうせ、わたしたちは人間を粘土細工のように扱う商売ですよと。むかしの嘲笑の文句を、ここで相手は持ち出すのだ。病気ではないので、治療拒否とさわぐわけにもいかない。

最後に訪れた整形外科医のとこで、ついに青年はすわりこんだ。

「ここで断わられたら、死ぬしかありません」

「ぜひにとおっしゃるのなら、死んでも文句はないとの一札を入れて下さい。あまり自信がないのでね」

「しかたありません、そうします」

もはや、どこにも行き場はないのだ。注射がされ、麻酔がきいてくる。どうされるのだろう。凶悪そのものの顔にされるのだろうか、ひょっとこのような顔にされるのだろうか。いや、それならまだいい。治療中の不測の事故のごとく、メスがすべったりし、血管を切られないとも限らない。

うやむやのうちに死ぬことになるのだろうか。死んだらどうなるのだろう。葬儀社をからかったことがあった。どこも葬式をひきうけてくれないだろう。生命保険会社をからかったことがあった。なんとか理屈をつけ、支払いはごまかされてしまうだろう。警察の検視官をからかったことがあった。不審な死因もうやむやにされてしまうだろう。

死体は埋葬されるだろうか。お寺をひとまとめにしてからかったことがあった。どこもひきとってはくれまい。昇天できるだろうか。そういえば、神や仏を痛烈にからかったこともあった。おれの魂を受け入れてはくれまい。三途《さんず》の川の渡し舟の、鬼たちをばかにしたこともあったし……。

ベターハーフ

夕方になり、会社の終業時刻となった。まっすぐ帰宅しようかなと考えていると、同僚がおれに声をかけてきた。

「うちへ寄っていかないか。ワイフを紹介したいし、酒をごちそうするよ」

「そうするかな。じゃあ、自宅にそう連絡しとこう」

おれは自宅に電話をかけ、友人の家に寄るから帰りがおそくなると告げた。

同僚の家に着く。庭のある、なかなかしゃれた家だった。玄関のドアをあけると、メスのライオンが出てきて、軽くうなった。同僚がおれに紹介する。

「これがワイフだ。おい、お客さんにごあいさつしろ」

メスのライオンは甘えた声を出し、おれにからだをすり寄せてきた。魅力的だ。おれは妙な気分になりかけるのを、むりに押えた。同僚の夫人に手を出しては、あとがうるさい。おれはライオンにあいさつした。

「これは奥さま、はじめまして……」

ライオンは同僚のからだのにおいをかぎまわっている。彼はおれに耳うちした。

「ワイフのやつ、鼻がよくてね。こないだ、クマと浮気したのがばれちゃった。その時は、さんざんほえつかれたよ」

「スリルだったろうな」

「ああ、ちょっとはね。しかし、われわれは本質的に愛しあってるんだし、すぐになかなおりしたよ」

同僚の夫人であるライオンは、おれをもてなすために台所のほうに行った。調理機のボタンを押すだけで料理も酒もできるのだから、べつにむずかしい仕事ではない。同僚はおれにささやいた。

「さっきの、クマと浮気したことだけどね、なかなかよかったよ。毛をそって、すべすべにしているクマなんだ。ところどころに毛が残っている。あの感触は悪くないな」

おれは話題を展開させる。

「そういえば、うちの課の女社員、彼女の亭主はカンガルーなんだってね。亭主のことを、時どきのろけやがる。カンガルーって、亭主として案外いいのかもしれないな」

「まったく、こんなふうに結婚がフリーな時代になるとは、むかしの人は予想もしなかったろうな。なぜ人間は人間としか結婚が許されないのか。その素朴な疑問に長いあいだだれも気がつかなかったんだからな。いけない理由など、なにもなかった……」

「むかしは、人間も動物程度に純真だったから、それでよかったのだろう。近代になって人間がみな利口になり、ずるくなってしまった。人間不信のあげく、動物をベターハーフに選ぶようになった。そこへいくと、動物はいい。やきもちもやくが、すべて純真だからな」

おれたちは酒を飲みながら話しあった。そのうち、おれは腕時計をのぞいて言う。

「あんまりおそくまでおじゃましちゃ、悪いからな。そろそろ失礼するよ」

「また遊びに寄ってくれよ」

と同僚は言う。夫人のライオンは玄関で、おれの肩をしっぽの先で軽くたたいた。本当にかわいらしい奥さんだ。

同僚の家を出たあと、おれは内心のもやもやを解消すべく、二号のいるアパートに寄った。おれが部屋に入ると、彼女はおれに飛びついてきた。ダチョウなのだ。長い首を巻きつけ「このところちっともいらっしゃらないのね。あたしさびしかったのよ」との意味を示した。感情の表現がストレートでいい。

おれはだきしめ、かわいがってやった。ふわふわしてて、その感触はすばらしい。うちの女房にはないものだ。

「また来るよ」

おれの二号であるダチョウは、悲しそうな目でおれを見つめた。おれはその部屋の調理機のメーターをのぞいた。えさはまだ充分にある。安上りなものさ。だからおれみたいな平社員でも、二号が囲えるというわけだ。これが人間の女だったら、もっと金が欲しいの、なにを買えのと、てこずらせるにきまっている。ダチョウのほうが、どんなにいいことか。調理機のなかの薬品がなくなりかけている。人間への愛情を高め、それを保持させる薬だ。こんど来る時に、持ってきて補充することにしよう。

おれは帰宅する。

「いま帰ったよ」

おれの女房は鼻がきかないから、ダチョウのにおいの残っていることに気づかれる心配はない。女房は言った。

「おそかったのねえ」

「だから、さっき電話しといたんだ。同僚の家に寄って、ごちそうになってきた」

「キスしてよ」

おれは女房とキスをした。

「いつもと感じがちがうわ……」

女房は気づきやがった。女房をごまかすのはむずかしい。おれの女房はコンピューターなのだ。むかしだったら、コンピューターと結婚したら、変人あつかいにされただろうな。おれはこの女房の、理屈っぽいとこが、なんともいえぬほど好きなんだ。おれの性質に理屈っぽさが少なく、そこをおぎなってくれる。だから生活がうまくいってるんだ。

「いや、それは……」

おれが弁解しても、女房はすべて論理的に質問をつづけてくる。ここが楽しいのだ。最後におれはあやまる。

「すまん、許してくれ」

それ以上追及してこないところもいい。

「許してあげるわ。ねえ、ミンクのコートを買ってよ」

と女房であるコンピューターが言う。なにかでそんな知識を仕入れたらしい。しかし、いいかもしれないな。ミンクをどこかにはりつけ、女房のからだの一部にふわふわしたところを作るというのも……。

小さな記事

その男は新聞をひろげ、熱心に眺めていた。食い入るようにというか、視線でなめまわすというか、注意のすべてをそのことに集中している。社会面。男の表情には、期待という形容を通り越した、祈りに似たものさえあった。

そのうち、彼は喜びの声をあげる。

「あった、あったぞ。これなのだ、おれのさがしていたのは……」

そこには小さな記事が出ている。昨夜、若い会社員が残業でおそくなって帰宅の途中、くらがりで暴漢におそわれ、給料をそっくり奪われてしまったという事件。

普通の人なら、気の毒なことだな、ぶっそうな世の中だ、気をつけなくては、そんな感想をいだき、それで終りとなる。もう少しひまと想像力のある人だったら、こういうたぐいの犯人、つかまることがあるのだろうか、いったい警察では、どの程度に捜査してくれるのだろう、といったへんまで考えるかもしれない。だが、いずれにせよ、それ以上にはならないだろう。

しかし、この男は、それらとちがっている。その記事の部分を指先でうれしげになでながら、またもつぶやいた。

「かわいそうなやつだな。給料をみんな奪われて、さぞ困っているだろう。犯人もあがらず、うやむやに終ったら、社会に絶望して悪の道に入るきっかけとなるかもしれない。おれが助けてやるぞ……」

彼は金を出して数え、記事に出ていた被害金額よりちょっと少ない額を用意する。手でつかんでしわを作り、ポケットにねじこむ。そして、家を出る。

「……そのかわり、おれも助けてもらうわけだがね」

警察へむかった。自首をするために。

この男、なにも趣味でこんなばかげたことをはじめたわけではない。世には自首マニアという変人も存在しているらしいが、彼は正常な頭の持ち主。また、これで警察をからかってみようという特殊な計画とも関係はない。それなりの理由があったのだ。

この男、じつは昨夜、殺人をおかした。道でたまたま、旧友にであった。旧友といっても、親しいわけでなく、その逆。かつて二人は恋がたきであった。そのあげく、そいつは勝利をおさめ女と結婚でき、この男のほうは失意に沈むということになった。というわけで、道で立話をしているうちに、この過去のくすぶりが燃えあがり、しだいに話題はそれに移り、売り言葉に買い言葉。男はかっとなってなぐり倒し……。

気がついてみると、相手は死んでいた。倒れた時、うちどころでも悪かったのだろう。さいわい目撃者はいず、男は相手の死体をそばの林のなかにかくし、あわてて逃げ帰った。

しかし、平然としていられるものではない。まあ大丈夫だろうとは思うのだが、どんなことから、こっちに疑いがかかってこないとも限らない。そうなったら、どうしよう。犯行の時のアリバイは、なにもないのだ。

アリバイ工作をしておいたほうがいいのだろうな。そう考えたものの、同時に、へたにやったら、それこそやぶへびになるということにも気がついた。これこれの時刻、きみといっしょにいたことにしといてくれと依頼したら、かえって相手の好奇心を刺激することになる。

といって、このままでは不安だ。あれこれ考え抜いたあげく、彼はこの手を使おうと思いたったのだ。

男は警察に出かけ、刑事に申し出た。

「じつは、わたし、酔っぱらうと追いはぎをやりたくなるという悪い癖があります。きのう、それをやってしまいました。くらがりで若い会社員ふうの男を襲い、金を巻きあげてしまったことを、かすかにおぼえています。家に帰り、酔いがさめて気がつくと、ポケットにまとまった金がある……」

男はポケットから、しわくちゃの紙幣の束をつかみ出した。刑事は先をうながす。

「それで……」

「このままだまっていても、発覚はしないだろう。この金は好きなことに使ってしまえばい。そうも考えたのですが、やはり良心が痛む。ひと晩じゅう悩みぬいたあげく、決心しました。自首することにしたというわけです」

「それはいい心がけです。悪事は悪事ですが、反省して自首をすれば、それなりの情状酌量もある。悪事というもの、われわれ警察の追及から決してのがれられるものではない。だからこそ、悪は栄えない。おそかれ早かれ、つかまるものです。結局つかまるのだから、つまらぬ手数をかけず、自首するのが賢明です」

「そうでしょうね。わたしもそう考えたのです。……しかし、警察のなかがさわがしいようですが、なにかあったのでしょうか」

男は気にしながら聞き、刑事は答えた。

「殺人事件だ。さっき、林のなかで、死体が発見された。検死の報告によると、犯行は昨夜らしい。凶悪なやつもいるもんですよ。残酷で良心のかけらもない。そこへゆくと、おまえは悩み抜いたあげく、自首してきた。おまえは、心の底まで悪にそまっていないといえる……」

刑事は男の取調べをはじめた。被害届を見ながら、質問をくりかえす。男は刑事の顔色を見ながら、話をあわせた。こまかい部分については、酔った上での追いはぎだったのでと首をかしげ、思い出しにくいようすを示した。すべては順調な進展だった。なんとか罪をまぬかれようというのでなく、なんとかして犯人になろうというのだから、刑事の誘導尋問にうまく乗りさえすればいい。簡単なことだ。「やったのはおれだぞ」と本物が出現してくる心配もない。

それでも、けっこう時間がかかった。あとになってからわかったことだが、そのあいだに被害者が呼ばれ、物かげからのぞき、犯人かどうかの確認をやらせたのだった。

刑事はちょっと席をはずし、やがて戻ってきて男に言った。

「被害者もおまえが犯人だとみとめた。では、この金を当人に返却することにする。どんなに喜ぶことか」

「刑事さんからも、どうかその人に、わたしが反省していることをお伝え下さい」

男は言った。被害者もおれを犯人とみとめたらしい。暗かったので、よく相手の顔を見ていなかったのだろう。ますますつごうがいいぞ。彼は内心にやりとした。

なにもかも計画どおり、かくして有罪への書類がととのった。しかし、自首したこともあり、男はごく軽い刑ですんだ。しばらくの刑務所ぐらし。つらいこともなかった。これで大丈夫との安心感がえられたのだから。また、殺人罪で入所するのにくらべたら、問題にならないほど短い刑期だ。

そして、出所。新聞を見たり、それとなく聞いてまわったりし、男は例の殺人事件が迷宮入りになったことを知った。当然のことだ。いくらさがしまわったって、その犯人のうろついているわけがないのだ。彼はすっかりいい気分だった。短いとはいえ刑務所へ行ったことで、殺人のつぐないをしてしまったような気分にもなっている。

すがすがしさを味わっていると、ある夜、その男は人通りのない道で、ひとりの青年に呼びとめられた。青年は、あいさつもそこそこに、頭を下げて言った。

「まことに申しわけございません。この通りでございます。どうぞお許し下さい」

「そうだしぬけに言われても、なんのことやらわかりませんな。いったい、なにごとです。それより、あなたはどなたですか」

男が聞くと、青年は答えた。

「ますます申しあげにくくなってしまいます。思い切って告白しますが、じつは、あなたを罪に落したのは、ぼくだったのです」

「なるほど。すると、あの時の追いはぎの被害者というわけですな。しかし、なにもあやまることはないでしょう。あなたは被害者なんですよ。わたしは、べつにうらんだりはしていませんよ。悪いのはこちら。罰せられるのが当然でしょう」

「弱りましたなあ、そう皮肉をおっしゃられては……」

青年はますます恐縮した。男はふしぎがる。

「あなたのほうこそ変ですよ」

「しかし、ぼく、あの時はだれにも襲われなかったんです。じつは賭《か》けごとで金をすってしまい、妻へのいいわけのしようがない。そこでつい、追いはぎにやられたとの筋書きを考えつき……」

「なんだと。すると、あれは狂言だったのか……」

「そうなんです。ぼくはあなたを、無実の罪におとしいれてしまった。人間として、こんな卑劣な行為はありません。ですから、あれ以来、一日として心の休まる時がありませんでした。ぼくの狂言のため、あなたという人が刑務所へ送られたんですから」

青年は平あやまり。男はとまどい、口ごもりながら言った。

「いいんですよ。そう気にすることはないでしょう。だれにだって、あやまちはあるものですから」

「そうはいきませんよ。ぼくの気がすみません。どんなつぐないでもします。どうぞ、ご要求をなさって下さい。お金を出せとおっしゃるのでしたら、そういたします。あの時から、少しずつ金を積み立ててもいるのです。ぼくはどんなつぐないでもします」

真剣な口調の青年に、男は言う。

「どんなつぐないでも、か。では、ひとつ聞いておきたいが、そのことを知っているのは、ほかにだれか……」

「まだ、だれにも話していません。まず、あなたに告白し、あやまり、誠意を示したいと思っていました。警察へは、あなたに連れられてあやまりに行こうと……」

「そうか、それはいい心がけだ」

と男は言った。青年は、やっと首をかしげはじめた。さっきからの会話のなかに、わけのわからないくいちがいがある。どういうことなのだろう。

「そういえば、ふしぎですな。あの時、あなたはなぜ、追いはぎはしていない、無罪だと主張しなかったのですか」

「きみ、よくないことに気づきはじめたようだな。こっちの困るのは、そこなんだよ。良心や好奇心というやつ、ほどほどにしておかないと、身をほろぼすことにもなる。では、ご好意に甘えて、こっちの気のすむようにさせてもらうぜ……」

男はやにわに青年に飛びかかり、その首をしめながら言う。

「……あしたの新聞に、追いはぎの記事の適当なのが、のっててほしいものだな。しかも、こんどは狂言なんかじゃないのが……」

みつけたもの

「おい、すごいもののようだぞ、これは。一種の情報装置らしい」

着陸したピラ星人たちは、夜、倉庫のなかにしのびこみ、片すみでみつけたものについて話しあっている。

「そのようだな。それとなく調べてみたのだが、データ保存の性能があるらしい。しかも、かなりの量のデータを記録する」

「それだけじゃない。ただ記録するのでなく、みごとに整理がなされている。必要に応じて、さっとそれらが出てくるようだ」

ピラ星人たちの関心は深まるばかり。

「大変なしろものだぞ、これは。記録や整理ばかりでなく、推理、さらには一種の判断もやってくれるらしい。われわれの星では、そのたぐいの装置は、ごく少数しか持っていない。もっとも、われわれ宇宙探検隊は、その装置を持つことを許されているがな。それが、この星では、こんなところにごろごろしている」

「まてまて、さっきから調べているんだが、この装置には判断の性能ばかりでなく、指示の性能もついているようだ。判断の結果が出ると、それにもとづいて行動への指示が自動的になされる。便利なものだな」

「たしかだ。われわれのにくらべると、このほうがはるかに精巧にできている」

「しかもだ、この星のやつらは、みなひとつずつ持っていやがる。そのくせ、充分に活用しきってない、宝の持ちぐされだ。われわれは帰ったら、このことを報告しよう。そして、大量に買いつけるための貿易をはじめるべきだ。そのために、ひとつ見本にいただいていこう。どうやったらはずれるのかな」

倉庫の片すみで、さっきからふるえていた守衛は、ついに悲鳴をあげた。

「痛い。となると、これは夢や幻覚じゃないぞ。なんだ、この見なれない形のロボットたち。べつな星のロボットとしか思えない。どういうわけか、おれの首をもぎとろうとしはじめやがった。おおい、だれか助けてくれ……」

出口

テレビの画面。

午後のひととき。あるテレビ局からのショー番組が、そこにうつっていた。司会者である中年の男性がなにやらしゃべり、何人かのゲストが発言し、マイクを持った女のアナウンサーがにこやかな顔で歩きまわり、歌がおりこまれ、その間にコマーシャルがはさまれる。変りばえのない、ただ午後の時間を埋めるのが目的であるかのように、ものうげに平穏に進行していた。

しかし、そのうちミスが目立ちはじめた。歌手の顔が画面の中央にうつらず、どこか不調和だ。また画面の切り換えがうまくいかず、ゲストの発言の途中で、つぎの人の顔がうつったりする。

なんだかおかしい。視聴者の大部分は、ふとそう感じたにちがいない。スタジオ内でかすかなざわめきが起っているようだ。しかし、それも視聴者にはよくわからない。軽いいらだちを感じはじめたとたん、コマーシャル・フィルムとなった。

それが終ると、画面に司会者があらわれて言った。決して微笑をたやさない表情。

NO.5
CM
2

「だれかがこのスタジオ内に、おかしな冗談を持ちこみました。このテレビ局の建物から、そとへ出られなくなったというのです。どういうつもりの冗談なんでしょう。ゲストのかたにご意見をうかがってみましょうか」

画面処理とざわめきの言いわけをかねた、気のきいたやりかただった。だが、不意に妙な質問をされたゲストは困り顔。

「さあ、見当もつきません。そとで自動車事故がおこったとか、玄関の自動ドアが故障したとかいうのでしょうか……」

まことに常識的な説だった。その時、この番組とは関係のない女性歌手が画面にあらわれて言った。

「そんなことじゃないのよ。ドアの故障なんかじゃないの。あたし、べつなスタジオで録画をすませ、帰ろうとしたんだけど、玄関に行きつけないの。廊下をうろついているうちに、このスタジオへ入ってきてしまったというわけなの……」

そこで番組の時間が終りとなった。司会者はなれた口調で一応しめくくり、コマーシャルとなり、つぎは子供むけの漫画映画の三十分番組だった。しかし、視聴者は童心にかえる気分になれなかった。あの幕切れが、妙に頭にひっかかって、気が気でない。

スイッチを切ったり、チャンネルを切り換えたりする気になれず、テレビの前から離れられない。おわびと説明とがなされていいはずだ。やっと、その漫画番組が終った。

画面は、さっきのスタジオ。さっきの司会者があらわれた。今回はまじめな表情と口調とで言う。

「どうも、おかしなことになりました。さきほど話題になりかけた、このテレビ局の建物から出られなくなったというのは、事実なのです。視聴者のかたがたからの、電話でのお問い合せがたくさんありました。そこで番組を変更し、少し時間をいただきまして、事情をご説明いたします。いいかげんなことを電波に乗せたのではないという点を、知っていただきたいのです」

かわって、さっきの番組のゲストが二人、かわるがわるしゃべった。いずれも中年の紳士。証言役といった形だった。

「わたしたちも、さっきは冗談にちがいないと思いました。しかし、事実なのです。帰ろうとして、玄関と思われる方向に行ったのですが、いっこうに行きつけない。いつのまにか、ここへ戻ってきてしまうのです。テレビ局の人といっしょに、もう一回こころみましたが、やはり同じ結果。きつねにつままれたような気分です。きつねに化かされ、同じ場所をぐるぐる回りする話を思い出しました。もしかしたら、この建物、お稲荷《いなり》さんのあった場所に建てられたのではないでしょうか……」

良識が売物のゲストにふさわしくない発言だったが、それだけに当惑した表情がよくあらわれていた。スタジオ内の電話が鳴り、女のアナウンサーが受話器をとった。会話をし終ってから、画面にむかって言う。

「視聴者のかたからのお電話でした。そんなばかなことがあるか、ふざけるのもいいかげんにしろとの、おしかりでした。しかし、本当なのです。さっきも、わたくし……」

彼女も体験を話した。玄関のあるはずの方角にむかったが、行きつけなかったことを。

その時、飛入りがあった。服をきちんと着た若い男が、画面にあらわれて言った。

「うそではありません。わたしは会社員です。わが社がこの局へ納入した電気製品の代金を受取りに来たのですが、いまのような事情で帰れなくなりました。会社へ電話し、そのことを話したら、ふざけるなとどなられた。視聴者のどなたか、わたしの会社へ電話をし、うそでないことを説明して下さい」

そして、ポケットから身分証明書を出して画面にむけた。スタジオの光景は中断され、コマーシャルとなった。そのあいだに打合せがなされたのか、女性歌手がうたいはじめた。伴奏の音楽も明るくひびく。異変が解決するまでの、時間つなぎといった意味らしかった。

予期しなかった形の、感じのいい番組となった。構成どおりにそつなく進行させられるのとちがい、人間味がにじみ出ていた。まぎれこんできた会社員だの、局の者だの、さっきからのゲストだの、スタジオ内の配置が雑然としていたが、そこにかえって楽しげなムードがあった。

スタジオ内の電話がたえまなく鳴り、アナウンサーが同じ応答をくりかえしていた。

「はい、何度もお答えしているように、本当なんですの。ご信用いただけないかもしれませんが……」

やがて、画面にテレビ局内の廊下の光景がうつし出された。電話による同じことの問い合せがつづき、それにねをあげたあげくの解決策らしかった。廊下では、かなりの人が歩きまわっていた。不安げな人たち、それは帰ろうにも帰れない人らしかった。一方、期待にみちた表情の人たち、それは新しく入りこんできた連中だった。比率は後者のほうが圧倒的に多かった。

ちょうどテレビを見ていて、好奇心にかられ、事実かどうかこの目でたしかめようと思い、やってきたというわけなのだろう。なかには、画面のなごやかなムードにひきつけられた人も、まざっているかもしれない。

なんの演出もない番組となったが、視聴者をあきさせないものを持っていた。いったい、どうなるのだろう。それへの興味と関心とをかきたてられるのだ。予想外の飛入りも出てくる。司会者が、またべつな男を画面に連れ出した。その男は言った。

「わたしは新聞記者。うわさを聞いて、かけつけたのです。じつは、視聴率を高めるための、局ぐるみの芝居ではないかと、ぴんときたのです。媒体をそんなふうに使うのは、問題である。批判すべきだ。その真相をつきとめようと乗りこんできたわけですが、出られなくなってしまった。こんなこと、ありえないはずなんだが、事実なのです。ここで、異変が解決するまで待つ以外ないようです」

局内の人の数は、しだいにふえているようだった。入ってくる者はあっても、出てゆく者はないのだ。画面のすみに時刻を示す数字が出た。もはや夕方になっていた。やがて、また新しい顔が画面にあらわれた。その男は警察手帳を見せながら言った。

「わたしは刑事です。テレビでの話を信用できなかった。もしかしたら大がかりな犯罪で、凶器でおどかされ、みながああ同じことを言わされているのかもしれないと考え、調査にやってきたのです。しかし、そんなことはなかった。ふしぎとしか言いようのない事態です。こういうことにくわしい専門家のかたに来ていただきたいものです。それから、一般のかたにご注意いたします。この建物に入らないよう、お願いします。すでに内部はかなりの混雑です……」

しかし、入るなというその警告で、また人数がどっとふえた。なんだか面白そうだぞ。楽しみを自分たちだけで独占したいので、入るななんて言ってるのだろう。よし、おれも行ってみよう。なかにもぐりこめば、テレビの画面にうつしてもらえるかもしれないぞ。行こう、行こう。第一、出られないなんて、そんなばかなことの、あるわけがない。おれが解決し、助け出してやる。いっぺんに名をあげることだって、できるというものだ。

さまざまな思いで、いろいろな人がテレビ局の建物のなかに入ってきた。若い男女が多かったが、家庭の主婦らしいのもまざっていた。みな廊下をうろうろし、それらがテレビの画面にうつし出された。やがて、警察の部長という人が画面にあらわれた。

「たしかに異常事態です。わたしはヘリコプターに乗り、この建物の屋上に着陸し、そこからなかへ入ってきた。それから、ふたたび屋上へ戻ろうとしたが、戻れない。どこがその出口だったのか、わからなくなってしまった。そのうち、心配してあとを追ってきた、ヘリコプターの操縦士と廊下でであった。彼も帰れなくなったというわけです……」

彼は一息つき、話をつづけた。

「……本署へ連絡します。建物のまわりを警戒し、これ以上だれも入れないようにして下さい。それから、内部に警官の応援をたのみます。ここの混乱を整理しなければならない。いまのところ、食料や水の心配はいりません。水道は出るし、食堂には食品がまだ残っています」

画面はなかなか面白いものだった。思いがけない変化が、つぎつぎに起ってくれる。どさくさにまぎれてスリを働くやつが出現したり、放送室に勝手に入りこんでくるやつもある。それらへの対策が進行してゆく。重要な器具のある室には鍵《かぎ》がかけられ、スリは一室にとじこめられ、テレビ局員は腕章をつけて整理に当り、トイレの前には長い列ができた。

それら自体は面白い事件でもなんでもないのだが、いつも見せられている作られた画面とは、まるでちがっていた。それだけに、いやに新鮮な印象を与えるのだ。おそらく、現在のところ視聴率は新記録を作っているにちがいない。途中から見はじめた人たちのために、時どき最初からの要約が説明された。どういうことなのだとの、問い合せの電話が交換台にかかりつづけなのだろう。

やがて、警官隊が入ってきた。整理のために入ってきたのだが、一方、なかの密度をさらに高めるということにもなった。各所でこぜりあいが起った。

「入ってくるなとテレビで言ってるのに、困るじゃないですか。混雑するばかりだ」

「だから、その整理に来たのです」

警官相手ばかりでなく、新入りがあるたびに、このたぐいの会話がくりかえされた。新しく入ってきた者は、出られなくなることに対して半信半疑なので、ことを軽く考えている。だが、なかの者にとっては、それだけ環境の悪化となってしまうのだ。

病人が発生した。出口を求めて廊下を歩きつづけ、疲れたためかもしれない。テレビを通じて医者が呼ばれた。

「近くの病院の先生、ちょっと来て下さい。青ざめて倒れた人がいます。汗をかき、心臓も早くなっているようです」

呼びかけに応じて、医者が五人ほどやってきた。看護婦も入ってくる。必要な薬がとりよせられる。それを持ってきた者もまた、建物から出られなくなってしまうのだ。鍵をかけてあった部屋があけられ、そこに病人が寝かされた。

スリをとじこめてあった部屋からは、スリが連れ出され、道具置場に手錠でつながれた。

そのあいた部屋は、疲れた人たちのために開放された。空間は有効に使われなければならない。

どれもこれも、視聴者の目をとらえてはなさなかった。少なくとも、前例のない型破りの画面であることはたしかだった。

そのうち、やっと専門家なるものが到着した。この建物の設計者と、建築した会社の担当者の一団だった。テレビの画面は、その人たちの行動をうつしだした。だれもが、ばかげたことだ、信じられないといった表情だったが、やがて、首をかしげはじめる。自分たちも建物につかまり、出られなくなったことを知るのだ。そして、言う。

「まったく原因不明です。こんなこと、あるわけがないのだが。建築学の分野では、解明しようのない現象です。空間のゆがみとでも言うべきかもしれない。なにかのたたりか、のろいのせいかもしれない。だとすると、心霊的な現象かもしれません。そういう方面の専門家の応援を求めたい……」

逃げ口上めいた感じもあった。すると、それらの専門家と自称する人びとが、つぎつぎと入ってきた。建物の周囲は警官隊がかこみ、勝手に入れないようになっているのだが、のろいの研究家と自称する者を、本物かどうか見わけることなどできない。

また、かこみを破って入口にかけこむ者を、うしろから射撃するわけにもいかない。入った者は、はいりどくといえた。なにしろ、外部から見ていると、内部は神秘的で、楽しさにみちあふれた場所のように思えてならないのだ。

それに、外部の者には、玄関がちゃんと見えている。あそこから出てこられないなんて考えられない。出てこないのは、出たがらない面白さがあるからにちがいない。そう想像すると、魅せられたように、衝動的に玄関にかけこんでしまうのだ。

テレビの画面では、さっきまでのてんやわんや、すなわち無秩序混雑的な面白さがうすれ、不安ムードが徐々に高まっていた。泣きはじめる女の子も出る。テレビ画面でそれを見た家族や知人は、なぐさめにかけつけようとする。

「うちの子が、あのなかで泣いているのです。入れて下さい。あなたも人間でしょう」

と警官隊の包囲をかきわけて入りこむ。それはまた、さらに密度を高めるのだった。どっちをむいても人の顔ばかり。気が立ってくる。足をふんだとかで、どなりあいがはじまり、なぐりあいとなる。それをとめようとする者。声は高まり、遠くのほうの者は事情がわからず、よけい不安におびえる。

こんなことってあるか、責任者の怠慢だなどと、だれかが扇動する。付和雷同する者もでてくる。また、なぐりあいとなる。どさくさのなかで、女に抱きつくやつもあり、女の悲鳴があがる。近くの連中が制止し、袋だたきにする。こんどは男の悲鳴となり、悲鳴は自制心をかき乱し、不安を助長する。

それらを画面で眺めている者は、異様な面白さを感じる。悲惨なユーモアといった感じだ。

おっちょこちょいたちが、自分から望んで入りこみやがって、そのあげく、あのざまだ。あわれな被害者のような顔をしやがって。ざまあみやがれ、もっとやれ、もっとやれ。ついでだ、何人か殺してしまえ。

なにしろ、見ている者は局外者なのだ。いつも見なれている、よくできたドラマや映画と同じような錯覚にもおちいる。興味と刺激のいきつくところ、そんな気分になってしまう。まったく、こうなってくると、非現実の世界としか思えないではないか。どうせ非現実なら、うんと極端なほうが面白いというものだ。

いたずら電話を局にかけるやつ。

「このままでは事態が悪化するばかりです。非常手段を用いて救出することにしました。建物の壁の一部を爆破する方針です。そうすれば、出口が作れます。もう少しのしんぼうです。がんばって下さい」

それは視聴者の期待どおりの結果となる。爆破のうわさが、さわぎを一段と大きくするのだ。どこの部分を爆破するのやらわからない。その不安がパニックを作りあげる。非常手段、いくらかの犠牲者やむなし、大変だ、死ぬかもしれない。いまいる場所から離れればいいのだろうと、廊下もスタジオも押しあいへしあい。

人間の洪水といった光景だった。人の波がぶつかりあい、右往左往。ふみつけられる人も出る。このままでは破局もまぢかと思われた。どんな形になるかの予想はできないが、人間の精神状態がこのまま長時間もちこたえられるとは、とても思えない。

その人ごみをかきわけて、ひとりの男がテレビの画面にあらわれた。学者らしい顔つきの人物だった。彼は叫ぶ。

「視聴者のみなさん。わたしが来たからには、もう大丈夫です。これはすべて、わたしのやったことです……」

そのあたりが静かになる。本当かどうかの好奇心が、つぎを聞きのがすまいとさせたのだ。

「……過密とはどういうものか、その実例をお見せしたかったのです。無意味に人が集りはじめるとどうなるか。それは連鎖反応となって、なにか面白そうだとのムードを作りあげ、さらに人を集める結果になる。だれもかれも、自分ひとりぐらいはと考え、もぐりこんでくる。そのあげくがこうです……」

彼はとくいげにつづける。

「……テレビ局というものを、そんなことに利用するのはよくない。それはよくわきまえていますが、実例を示さないと、だれも事態のひどさに気がつかない世の中です。すなわち、都市問題。都市の住民たちは、出口を見失っている。出口なしの現象、それがこれです。最初は楽しげな感じがする。だが、経過と最後はごらんの通り。もはや平静を保てなくなり、崩壊寸前となりました。さっきからつづけてごらんになっている都市の視聴者のみなさん、あなただって、これと大差ない愚行をやっているわけですよ」

「それにしても、なぜ出られなくなったのです。どんな方法でこんなふうになさったのですか」

疲れはてた司会者が、最後のつとめといった口調で質問した。学者はうなずく。

「そこですよ。出口、つまり入ってきたところのことですが、それについての記憶を麻痺《まひ》させる薬。わたしはそれを発明した。そのガス発生機をこの局のなかの各所にとりつけ、タイムスイッチで作動させせた。ガスは発生しつづけ、みなはそれを吸いつづけというわけ。すなわち、出口はあれど、そこがどこだったのかわからなくなった形です。盲点といってもいいでしょう。よく考えて下さい。過密のいきつくところは、これ以外にないのです。おわかりですか。おわかりいただければ、わたしの試みもむだでなかったといえます。これで幕というわけです」

学者はにっこりした。満足げな表情だった。手を振りながら、歩きはじめる。

「では」と言いかけ、彼は首をかしげ「はて、出口はどっちだったか……」

名画の価値

「これは世界的に価値のある名画。店内に展示なさいませんか。お客が集りますよ」

あるデパートの事務室に、ひとりの男がやってきて言った。鑑定してみると、本物にまちがいなかった。

「それはありがたいお話。やらせていただきましょう」

「しかし、盗難にだけは気をつけて下さいよ。金銭で弁償できる品ではないのです」

「わかってます。この店の信用にかけて警備し、決してご迷惑はおかけしません」

デパート側はその通りにした。臨時の警備員をふやし、防犯ベルも各所にとりつけた。

その展示がはじまって三日目の夜。防犯ベルが響きわたった。さてはとばかり、関係者たち全員がかけつける。盗まれたら一大事。名画の場所を中心に包囲態勢が作られ、持って脱出することは不可能なはずだった。また事実、名画は盗まれなかった。

そのあいだに、事務所の金庫がこじあけられ、なかからかなりの大金が盗まれていた。損失ではあったが、店の信用と名画はまもり抜けたのだ。大難が小難ですんだといえる。関係者はそう言って、なぐさめあった。

展示期間が終り、男があらわれ、名画の返済をうけた。それを持って帰りながら、彼はにっこりと笑う。

「名画に注意を集中させておき、そのすきに事務所を荒す。この手法で、これまでに、ずいぶんもうけてきたものだ」

三段式

刃物を手にした数人の男たちが追いかけてくる。おれはさっきから逃げつづけなのだ。夜の野原を走りどおしだ。大声で助けを呼ぶのだが、だれかがやってきてくれそうにもない。やつらとの距離がせばまった。おれは疲れ、速さがにぶくなった。野原はずっとつづいている。逃げこむ林さえない。ふりかえると、やつらはすぐそばまで迫っている。うす暗いなかで、きらりと刃物が光った。

おれは最後の力をふりしぼってでも、走りつづけようとした。しかし、なにかにつまずき、地面に倒れた。やつらが飛びかかってくる。ああ、もうだめだ……。

その時、おれは、はっと目をさました。

やれやれ、夢でよかった。目をこすっているおれに、そばのやつが叫んでいた。

「おい、ぼやぼやするな。敵襲だぞ」

「なんだって……」

おれが伸びをしようとしたとたん、鋭い音をたてて弾丸が耳もとをかすめ、コンクリートの壁にめりこんだ。あわてて身をすくめるおれに、そばのやつがどなった。

「おい、ねぼけるな。ここは前線の陣地なんだぞ。敵の大軍に完全に包囲されてしまったという状態なんだぞ」

「助かる方法はあるか」

「撃って撃って、撃ちまくる以外にない。あとは運を天にまかせるだけだ。さあ……」

おれはそばの機銃を手にし、ばりばり射撃した。敵のほうもさかんに撃ってくる。しかし、やがて弾丸がつきた。おれたちの銃声が絶えたので、敵は叫び声をあげてこっちに進んでくる。くやしいが、もはや弾丸がないのだ。そして、敵兵たちはなだれをうって、ここへ入りこんできた。もうだめだ……。

その時、おれは、はっと目をさました。

やれやれ、夢でよかった。おれがベッドの上でほっとしているとそばのラジオが警報を告げていた。

〈大変です。大洪水です。一刻も早く避難して下さい。少しでも高いところへ……〉

おれは窓からそとを見て、あまりのことにきもをつぶした。大洪水。狂ったように波うちながら、水がこっちへ押し寄せてくる。とてもじゃないが、助かりようがない。もうだめだ……。

その時、おれは目をさました。やれやれ、夢でよかった。ここは宇宙船のなか。乗っているのはおれひとりだ。惑星探検の任務をおびて地球を出発し、おれはこれに乗っているのだ。

おれは宇宙食を出して食べた。食べあきた味だ。おれは計器類をひとわたり眺める。べつに異状もない。地球へむけて〈予定どおり航行中〉との無電を打つ。それで仕事はすべて終り。この日常が何十日とつづいているのだし、これからも何十日とつづくのだ。

なにかで気をまぎらそうにも、話相手はいない。窓のそとの星々も、すっかり見あきた光景だ。四時間ほど起きていると、おれはさびしさと退屈とで、いらいらしてくる。悲しいことに、これは夢ではなく現実なのだ。これ以上起きていると、頭がおかしくなる。おれは催眠薬を飲む。退屈しのぎを目的に開発された、三段式の催眠薬だ。おれはやがて眠りに入る。

眠ったおれは夢を見る。夢のなかのおれは、やがて眠くなって眠り、夢を見る。その夢のなかのおれはそのうち眠り、夢を見はじめる……。

かたきうち

社員であるひとりの青年が、社長室に入ってきて言った。ただならぬ決意の表情。

「じつは、長期休暇をいただきたいと思い、そのお願いにまいりました」

「長期って、どれくらいの期間か」

「ちょっと予測がつきません」

「いったい、なんのために長期休暇をとりたいのだ」

「父親のかたきうちです」

と青年が言うと、社長はうなずく。

「そうだったのか。なぜ、それを早く言わぬ。それだったら、許すも許さぬもない。大いにやるべきことだ。で、父上はどのような目にあわれたのだ」

「自動車による、ひき逃げです。わたしの目の前でです。信号無視の車にはねられ、内臓破裂でした。父の無念さを思うと……」

青年は涙をぬぐい、社長ももらい泣きをした。

「わかる、わかる。さぞやくやしいことだろう。しかし、警察は予算不足、人員不足。なかなか最後まで糾明してくれない。そのため、公明正大であれば、かたきうちの許される時代となったのだ。しかし、きみがそれをおこなう立場になるとはなあ……」

「はあ……」

「きみの無念さは、わが社の無念でもある。しっかりやりなさい。休暇をみとめよう。それから、なにかと金も必要だろう。これをあげよう」

社長は小切手を青年に渡した。

「こんなにいただき、お礼の申しようもございません。かたきは必ずとります」

「だれか、わが社の強い者を同行させようか」

「いいえ、助太刀はいりません。父の事故以来、道場にかよい、剣道と柔道をいちおう習いました。大丈夫でしょう」

「それで、なにか手がかりはあるのか。まるでなかったら、さがすのが大変だぞ」

「現場に残っていた自動車の塗料の細片、タイヤのあとぐらいです。しかし、わたしは運転席の男の顔をはっきり見ている。これだけは忘れようもなく、頭に焼きついています。その人相のモンタージュ写真を警察で作成しようとしたのですが、どうもうまくできあがらない。あんないらだたしい気分はありません」

「そうだろうな。モンタージュ写真とは、そういうものだろう。警察の手では逮捕できそうにないな。きみがやるしかない」

「そうなんです」

「わが社をあげて応援する。さいわい、わが社には研究部がある。塗料の分析などやらせよう。また、わが社は、全国各地に支店や出張所を持っている。きみのために便宜をはからうよう、通達を出させる。みな協力してくれるだろう」

「ありがとうございます」

「社員たちとともに、きみの壮挙をはげます会をやろう……」

と社長は秘書に命じた。つぎの日の退社時刻の前、それがおこなわれた。社長はみなの前で演説をした。

「みなさん、彼のために、その成功を祈ろうではありませんか」

それにつづき、同僚たちは集めた金を手渡した。女子社員のなかには〈大願成就〉とぬいとりをした手ぬぐいを贈る者もあった。一晩で作ったという。最後に青年は感激しながらお礼をのべた。

「わたくしのために、こんなにまでしていただいた。この上は、必ず親のかたきをうって、みなさまの声援にこたえます」

そして「がんばれよ」とか「一日も早く帰ってきてね」の声に送られ、社の玄関から出ていった。

かくして、青年のかたきうちへの日々がはじまった。まだ独身であることが、好都合だった。妻子があると、留守中のことが、なにかと気がかりになるところだ。

まず彼は、塗料の分析結果と、タイヤのあとをたよりに、自動車のメーカーをまわった。その販売先をつきとめる作業だ。また、その一方、修理店のほうからもその目標をしぼる。大変な努力だった。激増する交通事故のなかにあって、警官がいくらあってもたりないということを思い知らされた。

青年としても、時には気がくじけそうになった。しかし、父の無念を思うと、やはり怒りがこみあげてくる。かたきはうたねばならぬのだ。何人かの名前が、彼の手帳に残った。その住所をひとつひとつたずねる。

北へ南へと旅行もした。住所へたどりついてみると、すでに越したあとだったりする。そんな場合は、がっかりもした。しかし、各地の支店や出張所の連中は、本社からの通達もあり、なにかと手伝ってくれた。その引っ越し先を調べてくれたり、その地の出張所へ連絡し、どんな人物かを問いあわせることもやってくれる。

青年の手帳にしるされてた容疑者の名前は、ひとつずつ消されていった。そして、最後に残った名前。青年はひそかにそいつの住居をうかがう。忘れられぬ、あの自動車がある。事故の際にナンバーを見そこなったのが最大の手ぬかりだが、そういえば、こんなナンバーだったような気もする。かたきはこの家にいるにちがいない。

しかし、青年は慎重を期した。もよりの出張所に行き、そこの社員たちに言う。

「かたきと思われるやつの住所をつきとめた。乗り込んでみようと思う」

「それはよかった。長い苦労が、やっとみのるわけだな。われわれも助太刀に行こう。きみのうらみは、わが社のうらみ、われわれのうらみでもある」

「その気持ちはありがたい。しかし、ぼくひとりで大丈夫だろう。立会人としてついてきてくれるだけでいい。そして、もし相手に応援がついていた場合には、そいつらを押えてもらいたい」

「よし、ひきうけた。応援の人数がいかに多くても、みなで防ぎ、決して手出しはさせない」

いよいよ、討入りの日となった。青年は玄関から堂々と乗り込み、社名と姓名とを告げる。

「ちょうど今から半年前、わたしの父は自動車にはねられた。この家にある自動車がそれにまちがいない。父の無念を晴らすため、かたきうちにやってきた……」

「さあ、そんなことは……」

首をかしげるその家の主人の中年の男に、青年は言った。

「知らぬとは言わさぬ。さあ、かくしたりせず、そいつと立ち合わせろ」

「まあ、待ってくれ。ちょっと考えさせてくれ。半年前とかおっしゃったな。うむ。すると、あいつだ」

「だれです、それは……」

「あのころ、商売のことでわが家に出入りしていた男があった。自動車を貸してくれと言われ、数日間、使わせてやったことがあった。なにかにぶつけたとか言っていたが、ちゃんと修理してきたので、それですんだのかと思っていた。背たけはこれくらいで、顔つきは……」

その家の主人の説明で、青年はうなずいた。

「そうです。その男にちがいありません」

「そうでしたか。やつがひき逃げをやったとは。知らなかったとはいえ、わたしにも責任があります。お金ですむことではないでしょうが、補償させて下さい」

小切手を書きかける主人を、青年はとどめた。

「その、ご心配はけっこうです。めざすのは、かたきひとりです。教えて下さい。そいつは、いまどこに……」

「それが、それ以来、まもなく姿を見せなくなった。なるほどと、思い当ります。どこへ行くとも言ってなかった。おそらく、かたきうちを恐れて、逃亡しはじめたのでしょう」

「ああ……」

青年は悲しげな表情になり、ため息をついた。いっしょについてきた出張所の者たちも同様。その家の主人は言った。

「ただひとつの手がかりは、彼の出生地です。なにげなくメモしておいたものです。しかも、当分はそこへも現れないことでしょうな。これから、かたきを求めての長旅。ご同情いたします。これは、その旅費の一部にでも……」

メモとともに小切手をくれた。青年は受け取る。

「ご声援に対し、お礼の申しあげようもございません。ああ、かたきにめぐりあえるのはいつのことか。しかし、必ず見つけだしてやります……」

あてのない旅を青年はつづけた。かたきの出生地の近くにある出張所には連絡をとり、あらわれたらすぐ知らせてくれるよう、たのんである。しかし、それはいつになるか予想できないことなのだ。

かたきは人目をさけ、山奥にかくれているかもしれない。その逆に、都会の人ごみにまぎれているのかもしれない。それを求め、青年はあちらこちらと旅を重ねた。観光地を通っても、風景を見物する心の余裕などなかった。ただただ、人の顔ばかりに目をやる。バーに入っても、他の客の顔を見るだけで、酔うどころではなかった。

二年ほどたったある日、朗報があった。かたきが出生地に立ち寄ったらしいと、出張所を経由してしらせがあった。青年はそこへむかう。

さとられぬようその住居に近づき、双眼鏡でのぞく。会社を出発する時に、上役から贈られた小型高性能の双眼鏡。

いた。忘れられぬ顔がそこにあった。どうやら、また旅へ出る準備をしているようだ。ぐずぐずしてはいられない。

そいつが出てくるのを待ち、青年は声をかけた。

「やい。二年前にきさまはひき逃げをしたな。その被害者こそ、おれの父だ。かたきうちのため、きょうまで追ってきた。もう逃がさないぞ」

「いや、ちがう……」

相手は否定したが、青ざめた表情で、あやふやな口調だった。

「ごまかしてもだめだ。あの時の車の持ち主の証言もある」

「あやまる。命だけは助けてくれ」

「なにを言いやがる。きさま、いままで生きのびられただけ、ありがたいと思え……」

青年は飛びかかる。相手も抵抗はしたが、柔道を身につけた青年のほうが強かった。あてみをくわせ気絶させる。それから、出張所へ電話をし、車を呼び、そこへ連れてゆく。意識をとり戻させ、自白剤の注射をし、しゃべらせる。相手は犯行をみとめた。これで警察へ届ける証拠もそろった。

その夜、出張所でささやかな祝杯があげられた。青年はいままでの苦心の年月を思い、こみあげる喜びと涙を押えられなかった。まわりの者も、その感激にまきこまれた。

かたきに強力な麻酔剤をうち、車に乗せ、都会の大病院へと運びこむ。そこには、青年の父親が、事故にあった時のままの姿で、冷凍状態で保存されている。青年は医師に言う。

「先生、やっと、かたきをつかまえました。証拠書類はこの通りです。父を生きかえらせて下さい」

「それは、おめでとう。じん臓と肝臓と胃の部分が必要な状態です。では、さっそく、こいつから移植しましょう。うまくいきますよ」

やがて、青年の父は生き返った。まさに感激の対面。青年は言う。

「おとうさん。この二年間、さぞ無念だったでしょう。しかし、ついにかたきをつかまえ、こうして、話しあうことができるようになりました」

「ありがとう、ありがとう。いい息子を持って、わたしもしあわせだ。おまえがやってくれなかったら、永久にあの冷凍状態のままだった。なんにも悪事をせぬのに、めざめて日光をあびることができないまま……」

その感激的シーンは、くわしく説明するまでもない。悪が滅び、善はふたたび生をとり戻せたのだ。

青年は会社へ出かける。かたきをうったとの報告は、すでに会社へとどいている。玄関を入ったところの両側にみなが並び、拍手で彼を迎えた。

「おめでとう」とか「よくやった」とか「孝心と正義の勝利」とか「ばんざい」

賞賛の声があびせられ、青年はいささか照れた。まず、社長へ報告する。

「おかげさまで、やっと本懐をとげることができました」

「本当によくやった。支店や出張所の社員たちも、よく協力したようだな。彼らにはボーナスをはずむことにする」

「ありがとうございます」

「それから、これはきみへの辞令だ。昇進し、昇給となる」

「それには及びません。二年間も休ませていただき、お力も貸していただいた。そのうえ、昇給などとは……」

「いや、遠慮されては困る。これは、わが社にとっても名誉なのだ。財界人たちの会合に出席した時、わしはこれを話題にでき、鼻が高い。世間に対するわが社のイメージ・アップに、どれだけ役に立つかわからない。こんなにまで社員のめんどうをみる会社かと、入社志願者がどっと集り、いい人材をそろえられ、一段とわが社は発展するだろう」

「それならば、おうけいたしましょう。今後いっそう、社のためにつくします。つぎに社員のだれかがかたきうちへ出る場合、わたしの経験で適当な助言もいたしましょう」

それからしばらく、青年は同僚たちによる祝賀会につきあわされた。また、社内の女性たちのあこがれの的ともなった。重役からは、娘を嫁にもらってくれないかとの声もかかる。取引先の人には、苦心談をせまられ、商談はすべてうまくまとまる。

青年は幸福だった。父も生き返ったのだ。二年間の苦しかったあせりの日々も、いまは夢のようだ。めでたしめでたしとは、このことだなと思う。

骨

ひとりの青年がやってきましてね。そいつが言うにはですね……。

大きなリュックサックをしょい、ぼくは山道を歩いていた。都会で会社づとめをしていると、たまにはその人ごみからのがれたくもなる。対人関係での緊張の連続は、精神を疲労させる。だから、観光シーズンには休暇をとらないようにし、少し時期をずらせて休み、旅に出かけるというわけ。

観光シーズンに旅行するぐらい、ばかげたことはない。山道を歩いていても、たえず人とすれちがうか、人に追い越されるかだ。しかし、時期をはずすと、そんな目にあわなくてすむ。

しかも、ぼくは地図を調べ、なるべく人の行きそうもないところをねらって出かける。心ゆくまで、自然のよさを味わえるということになる。われながら賢明だと思っている。

過疎地帯の、住民たちから見捨てられた村落をすぎた。日の光の傾きかけた時刻の無人の家々というやつは、なんとなくいやな気持ちだ。長いあいだの生活のあとが、なまなましくしみこんでいながら、人影はまるでないとくる。人の声はもちろん、家畜の鳴き声ひとつしないのだからな。

それから道は、だいぶ細くなっていた。薄れかけているといってもいい。ほとんど人間が通らなくなったため、草が道を消しはじめているといった感じだった。注意しながら進まないと、迷ってしまいかねない。ぼくはうつむきかげんで歩いていた。

林に入ったり出たり、道をたどっていると、小さな川にぶつかった。石づたいに渡った時、ふいに人の声がした。

「やあ……」

ぼくはどきりとした。こんなところに人がいるとは思わなかった。そして、声のほうを眺め、またどきりとした。異様な人物が、小さな岩に腰をおろしていた。四十歳ぐらいの男。しかし、驚きの気分がおさまり、よく見ると、さほど異様でもなかった。ひげと髪の毛がいやに伸びているが、その点を除けば、服装その他、あとはまともといえそうだった。

「こんにちは……」

ぼくが応じると、相手は言った。

「これからどちらへ……」

「この道をずっと歩いて行くと、小さなだれもいない山小屋があるとか。そこへでもとまろうかと思っているんですがね。見当らなかったら、野営です。雨が降りそうな天気じゃない

ようですし」

「けっこうですな。気ままなひとり旅とは……」

その男は話し相手になってほしいらしかった。ぼくとしても、べつに先を急ぐわけでもないし、この人物への好奇心がわいてきた。そばに腰をおろして聞いてみた。

「あなたは、こんなところでなにをしているんです」

「なにをしているじゃなくて、なにをしていたという質問のほうがいい。わたしは悟りを求めてここへ来て、悟りを開くことができたというわけです」

「こんなところでですか」

「いや、正確には、この川の上流でです。だれにもわずらわされることなく、ひと月ほど坐禅をくみつづけでした」

まったく妙な人もいるものだ。そんなことが趣味なのか、それとも、よほどのひま人なのか。ぼくは聞いた。

「なにを悟ろうとしたのですか」

「生と死の問題ですよ。事故だの公害だの、都会には死が多すぎます。ひょっとしたら、きょう死ぬんじゃないか、あした死ぬんじゃないか。そう気にしはじめると、ノイローゼ状態になりました。お恥ずかしいことです」

「いや、それが当然ですよ。狂っているのは社会のほうでしょう」

ありふれたおせじを言うと、相手はにっこりした。

「しかし、坐禅で精神を統一しつづけたおかげで、やっとその問題が克服できました。すがすがしい気分です。克服というか、悟り、いや、大変な発見というべきかもしれない。人類がいまだかつて、だれひとり気づかなかったことです。知りたいでしょう」

「はあ、よろしければ」

ぼくは言った。なんだか相手の予定する話題に、うまうま引きこまれているようにも思えた。しかし、知りたくもある。男は言う。

「死とはなにか。死を防ぐにはどうすればいいか。それを考えつづけ、ついにつきとめた。生とは気力である。精神が主であり、肉体が従であると。生命現象とは、生きる意欲というひとつの場における作用であると」

「はあ……」

「むずかしくなるから、例をあげましょう。ポーに『ヴァルドマアル氏の病症の真相』という作品がある。死の寸前の病人に催眠術をかける。すると、当然死ぬべき病状なのに、いつまでも生きているという話です。これは大変なインスピレーションですよ。物語でない実例をあげれば、帝政ロシア時代の怪僧ラスプーチン。こいつを暗殺しようと、強力な毒を飲ませるやら、銃弾をぶちこむやらしたが、なかなか死ななかった。気力の作用です。そのほか、このたぐいの実例は多い。この仕事を仕上げるまでは、ある人にひと目あうまではと、重態の病人が驚異的に生きのびたり……」

「そんな話はよく聞きますよ」

「ね、要するに、生きる意志ですよ。人間はなぜ死ぬか。死ぬのじゃないのかなと思い、生きる意志を放棄した時に死ぬのですよ。逆にいえば、そう思わなければ死なないということになる」

「そうかもしれませんね」

他人の意見は尊重すべきだし、べつにこの新説に反論を加える気もおこらなかった。面白さもある。相手は大きくうなずいた。

「その修行をしたのです。しかし、人間は死ぬものだとの常識を捨てるのは、容易なことじゃありませんよ。ラスプーチンは強い自己暗示で、死なないという信念を築きあげていた。だが、最後に、ふとその常識を考えてしまった。死を考えさえしなかったら、彼は死なないでいたにちがいない。わたしはですよ、自分は絶対に死なないと、そればかり念じつづけ、死の概念を心のなかから一掃した。完全に一掃しつくしたとたん、さわやかさがみなぎった。どう形容したものかな、自分が永久に電気を出しつづける電池、こわれることのない電池に変身したとでもいった心境に……」

「よかったですねえ」

そう言いながら、さっきの発言を訂正したくなった。やはり、この男は頭がいくらかおかしいようだ。話し相手になって、ばかをみた。だが、そんなことにおかまいなく、相手は言った。

「すなわち、わたしは不死身になった」

「よかったですねえ」

「信用しないような口ぶりだな。まあ、それもむりはないが、本当に不死身になったのだ。うそだと思うのなら、わたしを殺してみろ。不可能だから」

とんでもないことを言いだしやがった。

「いいえ、信用してますよ。説明でわかりました。あなたはたしかに不死身になった」

「信じているのなら、わたしを殺してみたらどうだ。それをやらないということは、わたしを殺せると思っているからで、腹のなかでは、わたしの話を信用していないことになる」

妙な理屈でからまれた。変な気ちがいにとっつかまったものだ。なんとかうまくかわして、この場を離れたい。ぼくは言った。

「ためしたいのなら、自分ひとりでなさったらいいでしょう。見ていてあげますよ。自殺をこころみてごらんなさい」

「わかってないようだな。自殺というのは、生きることを放棄し、死を求めることだ。理屈から考えても、わたしにできるわけがないだろう。死にたいとか、死ぬのかなという思考が、わたしにできなくなっているのだから」

「それはあなたの信念かもしれないけど、ぼくには関係ないことでしょう。変なことに巻きこまないで下さいよ」

「そうはいかんのだ。わたしは不死身を早く立証してみたいのだ。さあ、やってみろ。やる気がないのなら、おまえを殺してやる」

「これは、ほんとに狂ってる」

「なんとでもいえ、おまえを殺すぞ」

そいつは立ちあがり、こっちへむかってきた。冗談めいたところなど、まったくない。ぼくは逃げまわったが、そう走りやすい場所ではない。助けを呼ぼうにも、その叫びを聞いてくれる人が近くにいそうもない。なにかにつまずいて倒れ、その気ちがいにとっつかまった。

「やめろ……」

そう言ったって、通じる相手ではない。首をしめあげられた。殺気を感じた。こっちは正気だし、不死身でもない。こんなところで殺されるなんて、たまったものじゃない。もがいているうちに、ポケットにナイフがあったのを思い出した。気の遠くなる寸前、それを相手のからだに突きさした。ぼくの首をしめている力がゆるむ。

やっと立ちあがり、われにかえって、びっくりした。相手の腹部のあたりから、おびただしい血が流れ出し、小川の水をつぎつぎに赤くそめている。あざやかな色。ナイフでよほど深く刺したようだ。正当防衛とはいえ、とんでもないことをしてしまった。ぼくは呼びかけた。

「そのまま、じっとしていて下さい。お医者を呼びにいってきます」

するど、男は身を起しながら言った。

「いや、その必要はない。わたしは死なないのだから。死ぬわけがない」

「しかし、出血がひどすぎます」

「こんなものは一時的なことだ。やがて、とまるにきまっている」

そのあいだにも血は流れつづけ、男の顔は青ざめていった。そのくせ、やつはしゃべりつづけている。声だけは元気にあふれている。気ちがいにしろ、ふしぎな光景だった。男は言った。

「どうだ、わたしは不死身だろう」

「はあ、驚きました。そうらしいですね」

「これで確認できたわけだ。おかげさまでね。ありがとう」

にっこりと笑い、手をさしのべてきた。満足そうな表情で、もう殺意をいだいていないようだ。なにげなく握手をし、ぼくはうっとうなった。川の流れに触れたようなつめたさだ。そのつめたさは、ぼくの頭まで直通で伝わってきた。飛びあがりたいのをがまんし、その手首の脈にさわってみる。脈もない。ぼくは思わず言う。

「脈がない。あなたは死んだんだ……」

「いや、そういう思考は、わたしにはなくなっているんだ。第一、死人がしゃべれるか」

「わけがわからない。しかし、血はとまったようですね。傷はどうなんですか」

と聞くと、男は服と下着をぬぎ、傷口をあらためた。血がとまったのではなく、からだじゅうの血が流れ出し、出つくしてしまったらしい。傷口は大きく、内臓がはみだしている。そういうのを目にするのは好まない。ぼくはリュックサックから救急袋を出して渡した。

「これで手当して下さい」

ぼくが目をそらしているあいだに、相手はなんとかしたらしい。もとのように服をつけた。そして、ぶつぶつつぶやいている。

「不死身であることはたしかだ。しかし、こんなふうでいいのだろうか」

ぼくは言った。

「あなたがいけないんですよ。ぼくを殺そうとむかってきたりするから……」

「いや、そのことは怒ってはいない。責任を感じたりすることはないよ」

「たき火でもしましょうか」

夜がせまっていた。ぼくは枯枝をたくさん集めてきて、川原につみあげ、火をつけた。さっき握手をした時の、ぞっとしたつめたさを思い出したのだ。つめたいものは、あたためたほうがいいわけだろう。いったい、やつの心臓はまだ動いているのだろうか。気にはなったが、さわらせてくれとは言えなかった。早く立ち去りたかったが、おきざりにするのも気がとがめる。

「なにか食べますか。酒もありますよ」

とすすめてみた。

「食欲はない。酒を少しもらおうか」

酒が入っても、男の顔は青ざめたままだった。白いといったほうがいい。しかし、あたりが暗くなると、たき火の炎が反映し、赤っぽく見えるようになった。妙な気分をまぎらそうと、ぼくのほうがたくさん酒を飲んだ。この発見が普及したら、社会に変化を及ぼすかもしれませんね、などと話しながら。

そのうち酔いがいっぺんにまわり、いつのまにか眠ってしまった。目がさめると、あけがたちかくで、たき火は消えていたが、あかるさがあった。

男はそばにうずくまっていた。元気をとりもどしたかなと、ぼくは顔をのぞきこみ、そのとたん、ねむけがいっぺんに消えた。青ざめたとか白いとかいう色の問題でなく、死者の顔だった。目だけあいている死者の顔。

「あ……」

その声で、相手はぼそぼそ言った。

「どうもようすがおかしい」

「やはり、医者を呼んできますよ」

「普通の医者の手にはおえまい。脈がないのだからな。手おくれだろう」

「ということは、死んだのですか」

「そういう意味じゃない。わたしは不死身なのだから。しかし、ようすがおかしい。きのうの傷口が、うみはじめている。いや、正しくは、くさりはじめた……」

さっきからいやなにおいがすると思ったら、そのせいだったのか。たき火であたためたのがいけなかったのだろうか。その傷口を見せてくれなどと言う気にはなれなかった。それどころか、これ以上いっしょにいたくない。

「ぼくの手には、なおさらおえない。あとは好きなようにして下さい」

立ちあがるぼくに、そいつは言った。

「たのむ。このままではとりかえしがつかなくなる。わたしをミイラにしてくれ。やり方は教えるから」

「これ以上かかわりあいになるのはごめんだ。知りませんよ。勝手になさって下さい。さようなら」

「人情のないやつだな。やってくれないのなら、こっちにも覚悟がある。おまえのあとをくっついていって、人のいるところで、こいつにやられたと叫んで倒れてやる」

「冗談じゃない。あなたの望んでなったことですよ。それに、正当防衛でもある」

「そんなこと、だれも信用しないぜ」

そう言われ、こっちもかっとなった。この気ちがいの死にそこないめ。ひとを変なことに巻きこんだあげく、恐喝《きょうかつ》まではじめやがった。いいかげんにしやがれ。うずくまったまましゃべっているそいつを、けっとばした。やつは抵抗もせず、ころがった。あとはもう、むがむちゅう、近くに穴を掘り、そいつをほうりこみ、土砂をかけた。ぼくは荷物をまとめ、道を進む。まったく、こんなところに長居は無用だ。

やはりあわてていたのだろう。ぼくは道に迷い、その日を丸一日つぶし、林のなかをうろうろし、夕方ちかく、やっとめざす山小屋にたどりついた。かつて猟師が利用したものか、粗末な小さな建物だったが、休む役には立ちそうだった。

歩きつづけで疲れてもいた。あの悪夢のようなことを早く忘れたいと残った酒を飲むと、まもなく眠くなってきた。あけがたちかくか、戸をたたく音がし、なかばねぼけながら戸をあけてみると、そこにあいつがいた。ありえないことだ。これは夢にちがいないと思っていると、そいつは言った。

「早くミイラにしてくれ」

ぼくはそとへ押しかえし、反射的に戸をしめ、内側から錠をおろした。そのあと、ぐにゃりとした触感だったことに気づき、身ぶるいとともに気を失った。

意識がもどるとともに、そとでなにか言う声が耳に入った。やつがまだうろついているらしい。ぼくは言った。

「いいかげんで、どこかへ行ってくれ」

「ひどいぞ。生きてるまま埋めるなんて」

「あなたは生きてなんかいないんだ」

「わたしはそう思ってないよ。埋められた時はからだが動かなかったが、そのあと、なんとか手足が動くようになり、ここまでやってきた」

「動かなかったのは、死後硬直のせいだ」

「わたしに死などありえない」

いやなにおいがする。板のすきまから、そっとのぞいてみる。やつはいた。泥まみれ、水で洗ったのか、ところどころ妙に白い。伸びた髪の毛が抜けはじめている。くさりかたが、だいぶ進行しているのだろう。ぼくは、はきけがした。気を失いたかったが、そううまくはいってくれなかった。

恐怖というか、いやな気分というか、それが頭の中心に凝集し、連続的に爆発した。しかし、その絶頂をすぎると、いやに冷静になった。もしかしたら、こっちの頭が狂ったのかもしれない。こんな事態に直面したら、狂いでもしなければ、とても対処できるものじゃない。そいつは言っている。

「ミイラにしてくれ。早くたのむ。このまま進むと、手おくれになる」

「もう手おくれだよ。できないよ。だれかべつな人にたのんでくれ。医者のところへでも行って……」

「おまえがいいんだ。ほかへ行くと、いままでのいきさつを説明しなければならない。だれが信じてくれると思う」

「あなたはもう死んでるんだ。そのことに気づきなさい」

「わたしは死んでなんかいない」

議論でどうかなるような相手じゃなさそうだった。なにしろ不死身の信念にとりつかれているのだ。自分の顔をよく見ろと言ってやりたいが、あいにく貸すべき鏡を持っていなかった。ぼくは考え、作戦を思いついた。よく思いついたという感じだが、せっぱつまったあげくの知恵だったのだろう。

「わかったよ。できるだけのことをしてみるよ。よくわからないが、ミイラ作りは、日光の当らない場所のほうがいいんじゃないのか。この小屋のなかでやろう。いま戸をあけるから、そこをどいててくれ」

「たのむ」

ぼくはそとへ出た。やつは少しはなれて立っていた。まったく、目をそむけたくなる姿だ。胸がむかついてくる。はだしで歩いてきたせいか、かかとのあたりの肉など、なくなっている。逃げたいのをがまんし、ぼくはそこで待った。やつは山小屋のなかへ入っていった。

それを待っていたのだ。ぼくは戸に飛びつき、用意しておいた釘《くぎ》を、石ころをにぎって打ちこんだ。三本ほどつづけざまに打ち、戸を釘づけにした。これで出られまい。ほっとひと息つけた。

しかし、なにか不安で、なかのようすをうかがう。物音がし、ごそごそ動きまわっているけはい。これで、はたして安心といえるかどうか。埋めたのに出てきたやつだ。やつはなにしろ不死身なのだ。不死身となると、これで終りという保証はない。ここを抜け出し、もっとひどい形になって追っかけてこられたりしたら……。

冷静な判断でやったのか、半狂乱でやったのか、その心境など説明できない。ぼくはその山小屋に火をつけた。なかからなにか声がしていたが、こっちは山火事にならないよう、そのほうに気を使っていた。火の粉の飛んだのを消すため、走りまわっていた。なかのあいつのことを考えないでいられた。

うまいぐあいに山火事にもならず、その小屋だけが焼けおちてくれた。もう、あの見るも不快な存在はなかった。悪夢は炎とともになくなったようだ。なにもかも灰になった。そのことと、山火事のおそれがなくなるのを確認しようと、しばらくぼくはそこにいた。

しかし、ほぼ消えたはずの灰のなかで、変な物音がつづいている。なんだろうとのぞきこんでみて、ぼくは悲鳴をあげた。それは頭蓋骨《ずがいこつ》、目の部分をこっちへむけ、口の部分の骨を動かしている。なにか言っているらしい。聞こえるのは、口の部分の骨のぶつかる音だけだが……。

見つめていると、骸骨はしだいに起きあがりはじめたようだ。あばら骨のへんが灰のなかからあらわれてきた。こんなのに起きあがられては、たまったものじゃない。どうもこうもない。こうなったら、だれだってそうするだろう。あたりを見まわし、手ごろな大きさの石をさがし、それで骨をうちくだきはじめた。まず頭蓋骨をたたき割り、あばら骨だのなんだの、手あたりしだいにこなごなにした。灰はまだあたたかかったが、そんなこと気にしている場合じゃない。身をかがめ、念入りにその作業をやった。

そのあと、穴を三つほど掘り、灰だか骨だかをそれぞれにわけて埋めた。いくらなんでも、これなら大丈夫だろう。そこではじめて歩きだした。時どき、気になってふりかえる。しかし、べつに灰がただよって追ってくることもなかった。灰になってしまえば、あたりを見ることができないはずだ。こんどこそ、完全に悪夢は終ったようだ。

そうなると、しだいに気がとがめてくる。もともと、犯罪に平然としていられる性格ではないのだ。万一、あとになってあれこれ嫌疑《けんぎ》をかけられたりしてはつまらない。そうなるぐらいなら、正当防衛の事情をすぐ報告しておいたほうがいい。それに、だまっていると良心が痛んでくる。だれかに話してしまったほうが、気が晴れるだろう。そこで、さっそく警察へと来たというわけ。

「……と、まあ、こんな供述なんですが、どうしたものでしょう」

と刑事に言われ、上役は顔をしかめる。

「はじめから終りまで、気ちがいずくめだな。とてもまともとは思えない」

「わたしもそう思います。いちおう住所と姓名とを確認し、指紋をとり、そのまま帰宅させました。大変な目にあって、精神的にも疲れたでしょう、医者に行って休養法の指示を受けておいたほうがいいんじゃないかと言いましてね」

「それでいい。こんなことで起訴できるわけがないし、かりに本気でとりあげたら、世の笑いものになる。いい迷惑だ」

「しかし、それにしても、ちょっと面白い妄想《もうそう》ですね。この話のようなことがもし起ったとすると、現在、その不死身の男なるものは、いまなお存在していることになるんでしょうか」

「うむ。哲学的な問題だな。いやいや、そんな議論はいいかげんでやめておこう。それこそ、その青年の思うつぼかもしれない。変な作り話で、警察を一杯かついでやろうとしたのかもしれない。若いやつには、そんな悪ふざけを考えつくのもいるだろうしな」

「そうですね。ですから、現場を調べに行くのもやめました」

「それがいい。しかし、その手に持っているものはなんだい。小さな白いものに、糸がついているが」

と上役は刑事に言う。

「あ、これですか。その青年のポケットの所持品を袋に入れてあずかったのですが、帰す時にみなかえしてやりました。すると青年、これだけおいて行きました。自分のものじゃなかったんでしょう」

「しかし、なんで糸が……」

「いや、これはわたしがつけたんです。この白っぽいもの、こう机の上におくでしょう。しぜんに動きはじめるんですよ」

と刑事はやってみせた。それは動きはじめる。上役は言う。

「ほんとに、ふしぎな感じだ。ちょうど、歩いてどこかへ行きたがってるようじゃないか」

「でしょう。ですから、糸をむすびつけ、なくならないようにしたわけです。どういうしかけなんでしょうか」

「さあね。このごろは、新しい妙なオモチャがつぎつぎと流行するからな……」

上役はそれをかりてしばらく遊び、首をかしげながら言う。

「……それにしても、妙な形だな。なにかに似ているな。そうそう、いつだったかの事件で、鑑識の連中に見せられたあれを思い出した。足のおやゆびの骨だ……」

すてきなかたねえ

ひとりの紳士がエフ博士のところへやってきて言った。

「うわさによると、先生は異性にもてるようになる薬を開発なさったとか。ぜひ、ゆずって下さい。女性にもてたいのです」

「たしかに研究はしていますが、この薬が普及したら、世の中は混乱します。ですからさしあげるわけには……」

「そこをなんとか。お礼はいくらでもお払いします。わたしひとりが使うのなら、混乱もおこらないでしょう。わたしを実験動物がわりにご利用ください……」

紳士は理屈をこね、札束をつみあげ、ねばりにねばり、とうとうエフ博士に承知させた。博士は調合した薬を渡しながら言う。

「これがそうです。お飲みになるだけでよろしい。そして、これはと思う女性にウインクをなされぱいい。あなたは必ずもてます」

「なるほど、使用法の簡単なところが気に入りました」

「ききめは一週間つづきます。一週間たったら、またおいで下さい」

「そうします。からだじゅうが、期待でぞくぞくしてきたぞ……」

紳士はいそいそと帰っていった。

一週間後、紳士はエフ博士のところへやってきて報告した。

「あれから、さっそく飲み、街へ出ていって、美人にウインクをしました。すぐに反応あり。彼女、あなたってすてきなかたねえと言いながら、わたしに近よってきました」

「そうでしょう、そうでしょう。あの薬のききめはたしかなものです」

博士はうなずいたが、紳士のほうはあまり喜んでもいなかった。

「しかし、それからがいけません。彼女がわたしに近づくにつれ、こっちは眠くてたまらなくなる。うとうとして目がさめると、もう女はいない。それからも何人かの女にためしたのですが、毎回おなじです」

「ははあ、副作用ですな。お気の毒でした。では、あなたの体質にあうよう、調合しなおした薬をさしあげます」

その一週間後、紳士は博士のところへやってきて言った。

「こんどは眠くなりませんでした。ウインクをすると女性たちは、あなたってすてきなかたねえと、わたしに叫びます」

「そうでしょう、そうでしょう」

「しかし、そのさきがいけません。女はわたしを見て感激のあまり、気を失ってしまうのです。どの女もそうなのです」

「ははあ、こんどは薬の作用が強烈すぎたというわけですな。では、強烈さを調節し、眠くなる副作用もおさえた形で、調合しなおした薬をさしあげましょう」

また、一週間がたち、紳士は博士のところへやってきて言った。

「わたしは眠くなることもなく、女は気も失わず、あなたってすてきなかたねえと、わたしに声をかけてくれました」

「そうでしょう。ご満足でしたでしょう」

「ところが、そうじゃないんですよ。女たち、わたしにそう声をかけるだけ。どの女も、口先だけのことなのです。これではつまりません。なんとかなりませんか」

博士はしばらく考えてから言う。

「どうやら、あなたの体質、本質的に異性にもてないようにできているようですなあ。残念ながら、手のつけようがない」

一軒の家

ひとりの青年があった。自殺をしようと考えていた。そんな気分になるに至った、くわしい理由は省略する。ようするに、この世に生きがいを見いだせなくなったのだ。生きる目標がなにもないことに気づくと、生きてゆく意欲もなくなったというわけ。しかし、この人物のことはのちほど……。

都会をはなれた山の中に、一軒の家があった。正確には何軒ものなかの一軒というべきかもしれない。そのあたりはひとつの村落を形成していたのだが、都市のほうへと移るものがつづき、一人へり二人へりで、ついに無人の地区になってしまった。

問題の家は、そのなかのひとつ。この村落のなかで支配的な地位にあった人の住んでいた建物。しかし、他の住民がいなくなっては、名家だ旧家だといばってもいられない。その家の人たちも、都市へと移っていってしまった。そう大きくはないが、いい材木を使った、がっしりした建築だった。

無人地区となるにつれ、当然のことだが、だれも手入れをしなくなり、家々は静かに古びていった。その問題の一軒を除いて。

　いい季節のころ、細い道を歩いて、若者の一団がこのあたりまで旅をしてくることもある。そして、無人の家々のなかに、古びていないその一軒の家を見つける。たしかに、人目をひくなにかがある。

「おい、てごろな家があるぞ。ほかの家はどれも、うすよごれてぱっとしないが、あの一軒は住み心地がよさそうだ。今晩はキャンプをやめて、あの家にとまろう。そのほうが賢明だ」

　そんな気分にさせるものがあるのだ。しかし、一夜をすごすことはできない。

　裏にまわり、くぐり戸を押す。なんということもなく開く。きしんだような音をたてることもない。みなは、つぎつぎとそこからなかへ入る。

　雨戸のすきまからの光が、内部をかすかに照らしている。よどんだ空気に特有の、しめったような古びたにおいもしない。雨戸をあけてみる。雨戸もなめらかに開く。風でほこりが舞いあがりそうなものだが、そんなこともない。気のせいでなく、まさにそうなのだ。

　座敷にすわってみる。室内の家具類はなにも残っていないが、その点だけを除けば、廃屋という感じがまるでしない。土足のままあがろうとした者も、思わず靴《くつ》をぬいでしまう。よごれ古びた他の家々とのちがいが、なんとなく異様に思えてくる。この家に、きのうまでだれかが住んでいたのではないかという気がしてくる。いや、現実に、いまも住んでいるので

はないかとの感じさえ……。

それさえ気にしなければ、いごこちは悪くないし、明るいうちはべつになんということもない。しかし、やがて日がくれ、夜になる。ランプの光をかこみ、話しあっている時、だれかがふと言う。

「おい、いま便所のほうで、なにか物音がしたようだが、だれか便所へ行ってるのか」

「いや、そんなことはないぞ。ここにみんなそろっている。物音だなんて、気のせいだろう」

しかし、ただの気のせいでないことが、すぐにわかる。用心のために雨戸をしめる。会話がとぎれた静かさのなかで、こんどは台所のほうから食器のふれあうような音。

だれもが一瞬、凍りついたようになる。たしかに音がした。指からタバコを落す者もある。そのタバコの火は、畳の上に落ちる前に消えている。しかし、そんなことまで気づく余裕などない。そのうち、ひとりがやっと口を開く。

「まちがいなく音がしたぞ。だれかがいるようだ。見てきてくれ」

「いやだよ。第一、足がふるえて立てない。手をかして立たせてくれ。みんなで調べよう」

懐中電灯をつけ、手をとりあって動き、台所へ光をむける。しかし、そこにはだれもいない。いや、のぞく寸前までそこにだれかがいて、さっといなくなったような感じが残っている。はっきりと感じる。だれもが、その行先を追うような目つきになり、そのことに気づき、顔をみあわせ一段と青ざめる。

「いやな気分だ。いやな家だ。これ以上はここにいたくない」

「そうだ。べつな家に移ろう。どんなにきたなくても、ここよりはいいだろう」

みなが移ったほかの家は、ごみくさく、ものさびしかった。しかし、原因不明の物音はしない。落ち着いて眠ることができた。つぎの日の朝、問題の家を見ると、あけっぱなしで出てきたはずの裏のくぐり戸が、しまっている。しかし、それは風のせいかもしれないし、最後に出た者があとを追われる不安感を押えるため、無意識のうちにしめたのかもしれない。

一回ぐらいなら、よくある話さと軽く片づけられてしまう。しかし、その問題の家の異変はつづくのだった。もっとも、人がとまろうとした時だけだが……。

このへんを通りがかって、その家に目をつけ、別荘用にと買った人があった。すぐにでも住めそうで、掘出し物という気分だった。しかし、やってきてとまろうとすると、同じような目にあう。だれもいないはずの部屋から、いびきが聞こえてきたり、雨戸をたたく音を聞いたりする。いかに調べても、人かげを発見できない。

だからといって、金を払って買ったからには、簡単にあきらめる気にもならない。徹底的に修理し、意地でもここに住んでやろうと考える。もよりの町の建築業者にそれを依頼する。しかし、材料をつんだ職人たちの車が、その問題の家にたどりつくことはない。途中でタイヤがパンクしたり、車になにかしら故障がおこり、時間をくってしまうのだ。

「やめよう。気が進まない。そういえば、あの家についての、変なうわさを聞いたことがある。へたに手をつけ、たたりがあったらことだ。おれはここで帰る」

などと言いだす者が出て、ほかの者たちもやめてしまう。その家を買った持ち主は、建築業者がやってくれぬのなら自分でやるまでさと、大工道具をそろえ、柱に釘を打とうとする。そのとたん、どこからともなく声がしてくる。

「あ、やめてくれ」

ノコギリを使おうとしても同様。見まわしても人はいないのだ。頭がおかしくなり、幻聴を聞いているような気にもなる。こうなると、中止せざるをえない。しかし、敗退とは、いかにもしゃくだ。この家の前の所有者に文句をつける。

「あなたはひどい。知らん顔をして、あんな化物屋敷を売りつけるなんて。詐欺だ。家はいらないから、金を返してくれ」

「ひどいいいがかりだ、化物屋敷だなんて。そんなはずはない。わたしたちはずっとあそこに住んでいたのだが、そんな目に会ったことなどない。近所に住んでいた人たちに聞いてごらんなさい。うそじゃない。ここで金を返したりしたら、わたしが化物屋敷とみとめたことになり、変な評判がひろがる」

「しかし、現実にそうなのだから、しかたないでしょう。きっとむかしあの家で、変な死に方をした人がいるんでしょう。その人の思いが残っているんだ」

「とんでもない。変死した者など、わが家にはない。そんなうわさをばらまいたら、名誉毀《き》損《そん》で訴えてやる。わたしたちが住んでた時には、なんともなかったんだ。だから、異変があらわれたとすれば、あなたの家系のせいだ。のろわれた家系でしょう」

「なんだと、それこそ名誉毀損だ」

議論ははてしがない。裁判所に持ちこもうにも、どの弁護士もとりあつかってくれない。

こんなことが重なるうちに、話はひろまる。それを聞きつけ、心霊現象の研究家と称する人たちが、時たま訪れるようになる。しかし、やはりそこで一夜をすごすことはできない。いかに心霊研究家でも、どこからともなく冷たい風が吹きつけてきたり、料理のにおいが流れてきたりでは、ぐっすりとは眠れない。そとで話し声がし、出てみるとだれもいなかったりする。

「原因不明です。心霊現象的ではありますが、わたしの波長とは大きくずれている。なぜこうなのか、説明しきれません」

と正直に打ち明ける人もあるし、こじつけた説を作り上げる人もある。

「心霊といえば、人間の霊と結びつけがちでしたが、これは例外の新種のようです。家そのものの霊と呼ぶべきもののようです。無人地帯となったため、家がさびしがり、霊的な能力をそなえるに至ったのかもしれません」

ある夜、となりの家が火事となった。逃走犯人がここまで来て問題の家にかくれたはいいが、例によって異変にあう。恐怖におびえて、となりの家へと移る。その時の火の不始末が原因となって、その家は焼失した。しかし、問題の家は類焼をまぬかれた。火が移って当然なのに、まるで無傷だった。そのあとの光景もまた異様だった。目にする者は、わけもなくぶきみさを感じる。

やがて、そのあたりから少しはなれていい道ができ、人びとはそっちを通るようになった。この家の付近には、ほとんど人がやってこなくなった。となりの焼失した家のあとには、木がはえてくる。ほかの家々は、手入れされないまま、崩れ、朽ちはてる一方だった。草や木の勢力のほうが強くなってゆく。問題の家だけがひとつ、林にかこまれた形となっていった。

ひとりの青年が、この家へとやってきた。自殺をしようとして、ここまでやってきた。山の林の奥で、だれにも知られず死のうと思いたったのだ。生きがいを見いだせず、生きる意欲を失い、そんなわけで、このあたりへとやってきた。

そして、この家をみつけた。人生の最後のひとときを過すのに、ふさわしい場所のようだな。そう思って、彼は足をとめた。しかし、それにしてもふしぎな家だな。あの家は、生きがいを持っているかのように、がんばっている。おれは人間なのに、それを持っていない。妙なとりあわせといえそうだな。

青年はくぐり戸からなかに入った。かわらもこわれていず、雨もりのあとさえない。普通の人なら異様さをおぼえるところだが、死を考えている青年にとって、そんなことへの恐怖などなかった。

夜となり、ロウソクをともす。カバンのなかから、彼はひとびんの睡眠薬をとり出した。これを飲めば、永久に目ざめなくてすむ。そうだ。飲みくだすための水をくんでこなければ。青年はそとへ出て、小川の水をくんでくる。そして、戻ってきた時、睡眠薬のびんがなくなっていた。

「たしかに、ここにおいたはずなのに。だれかいるのか。いるのなら出てこい」

声をかけたが、どこからも返事はなかった。だが、しばらくすると、怪しげな物音がし、どこからともなく悲しげな声が聞こえてくる。のぞいてみるが、だれもいない。青年はうなずく。

「なるほど、のろわれた家というわけか。しかし、いまのぼくにとって、そんなことはちっともこわくない。よし、この家に火をつけ、そのなかで焼死してやるか。この家を焼けば、人生の最後に、社会に対してひとつだけ有益なことをしたということになる」

青年はロウソクを手にし、立ちあがり、どこから火をつけようかと見まわした。その時雨戸はしめたままなのに、風が吹いてきて火が消えた。まっくらになる。

「ふざけてやがる。厳粛であるべき死に、ぼくがとりかかろうという時、この家はそれをからかいやがる。おもしろくない。そっちがその気なら、こっちにも考えがある」

青年はカバンのなかから、爆薬を取り出した。睡眠薬で死にきれなかった場合にそなえて持ってきたものだ。ライターをともし、その導火線に火をつける。しかし、暗いなかを水が飛んできて、それを消した。青年は驚き、とり落す。手さぐりであたりをさがしたが、ライターも爆薬も、どこかへなくなってしまっていた。

カバンのなかには短刀が残っていた。青年は最後の手段としてそれを使うべく、手にとった。刃の光を見ると気おくれがするが、こうまっくらだと、思い切りもつけやすい。それに、こうなったら意地でも実行してやる。

そのとたん、暗いなかで、だれかが飛びかかってきて、短刀を取り上げた。

「やめろ」

との声。青年はそいつの腕をつかみ、言いかえす。

「なんだと。のろわれた家とは、やってきた人をとり殺すはずだ。それをとめようとするとは、なぜだ……」

「この家に変死者が出ては困るんだ」

「ますますおかしい。こんなたぐいの怪奇の家は、聞いたことがない。いったい、きさまはなんなのだ。幽霊らしくないが」

青年が質問すると、暗いなかで相手が答えた。

「タイムパトロール隊員」

「聞いたことのない職業だな。なんだ、それは。なんのために、こんなことをしているんだ」

「いいですか、よく聞いて下さい。あなたがたにとって、わたしは五〇〇年後の人間。この家は五〇〇年後のために必要なのです。だから、わたしはタイムマシンで時間をさかのぼり、この家をずっと監視しつづけているのです」

「しかし、そんなにいわれのある家とも思えないがね。なんのためにだ……」

「わたしたちの時代、つまり、あなたがたにとっての未来というわけですが、このあたりはタイムパトロール局長の公邸となっている。金属と硬質ガラスの建物ばかりでは、おもむきがない。庭に古風な家がないと、時間旅行を管轄する役所として、かっこうがつかない。他の役所の高官の接待用に使うのです。いや、現に使用し、好評なのです。変死者が出たとなっては、いやがられる。そのために、タイムパトロール隊員がこの家を交代でまもっているわけです」

「局長の公邸だと。よくわからないが、公私混同みたいな感じだな。そんなことのために、隊員を使って過去の人の生活に干渉するなんて」

「なにをおっしゃる。だいたいですな、この時代のあなたがた、古いものを未来に残す努力をおこたっている。五〇〇年後まで残る古風な建物は、これ一軒なんですよ。それをたなにあげて、文句を言えた義理ですか」

じゃまが入り、青年は死ぬことができなかった。都会にもどり、あのなぞの家の秘密を解明したと、まじめにしゃべりまわった。しかし、だれも耳を傾けてくれない。まじめになればなるほど逆効果。こいつ、頭がおかしくなったんじゃないかと、ついに入院させられた。

だが、入院させられても、青年は主張しつづける。いまや、この青年、この事実を他人になっとくさせることが生きがい。自殺のことなんか忘れてしまった。たのむ、ぼくの説を信用してくれ。ひとりでもいい、信用してくれる人がいたら、命も惜しくない。しかし、タイムパトロール隊員とであった物語など、信じてくれる相手のあらわれるわけがない。

かくして、家はぶじに未来へと送られてゆく。

買収に応じます

「そろそろご用意下さい。わたしは死神です。お迎えにまいりました」

こう言われて飛びあがる。ぞっとする感じ。夜中に音もなく不意にあらわれたこいつ。どうやら本物の死神らしい。

「わ、助けてくれ。まだ死にたくない。なにか方法はないのか。金ですませるとか」

「では、お金を払っていただきましょうか」

かなりの額だったが、ためらっている場合ではない。ためた金を仕方なく支払う。

それから一年。また死神がやってくる。

「こんばんは。今度はどうなさいます」

「また金を請求するのか」

「はい、さようで。前回よりいくらか値上げになっております」

「あまりにひどいよ。かせぎためた金を、ごそっと持ってかれるなんて」

「しかし、あなたは生きていられる。おいやならいいんですよ……」

いやもおうもない。このぶんだと、来年もまたやってくるにちがいない。ああ、なんということだ。生きてゆくには、あいつを買収しつづけなければならぬようだ。

つぎの年、はたして、またもやってきた死神を問いつめる。

「また金だろう。どういうことなんだ」

「実費を請求しているだけですがね」

「え、なんに使っているんだ」

「大気汚染の防止、それをやってるとこに、ひそかに寄付している。人類に滅亡されては、あたしらの仕事もあがったりなんでね」

発火点

道路ぞいの小さなレストラン。時刻は夜の九時ごろ。内部はいささかみすぼらしかった。お客はひとりもいない。店内にいるのは、この店の者ばかりだった。すなわち、店主と二人の従業員。いずれも三十五歳前後の男だった。

三人は不景気な表情と、不景気な口調とで話しあっている。

「このところ、赤字つづきで、どうしようもない。お客があまりこなくなった」

「これというのも、少しはなれたところに開店したレストラン、あのせいですね。料理の味はこっちのほうがはるかにいいのに、むこうの店は大きくて、派手な外観。お客はみんなむこうへ入ってしまう」

「むこうの店に負けないよう大きく改築するか、もっと繁華街へ移転すればいいんだろうが、それには資金がいる。しかし、赤字が重なり、借金をかかえこみ、仕入れの金にもことかくありさま。こんな状態のところへ、資金を融通してくれるわけがない。もう店じまい以外にない。おまえたち、いい就職口があったら移っていいよ」

と言う店主に、二人の従業員は首をふる。

「そんな不人情なことはできません。なんとかして店を、もう一度もりたてましょう」

「そう言ってくれるのはありがたいが、もはや万策つきたのだ。残された道はただひとつ、非合法な非常手段あるのみだ」

「たとえば……」

「泥棒をして改築の資金を作る」

冗談とも本気ともつかず店主が言った。しかし、二人の従業員はうなずいた。

「それしか方法がないのなら、そのお手伝いをしますよ。われわれ三人なら、仲間割れすることもないでしょう。みな共犯者になるのだから、よそでしゃべり発覚することもない。店をもりたてるという共通の目的もある。で、なにか目標として手ごろな家でもあるのですか」

「ないこともない。この店の裏のほうにある一軒の大きな住宅。さっきぼんやり見ていたら、家族づれで旅行に出かけたようだ。こそ泥に入るには絶好のような気がする」

「では、やりますか。塀《へい》を乗り越えるのにハシゴがいりますかな。いや、そんなのを使うと目立ってまずいかな」

「窓を破るには、ガラス切りがあればいいでしょうね。いや、その前に、犬を飼ってるかどうかたしかめたほうが……」

三人は、ちゃちなこそ泥の計画について、ひそひそと声をひそめ、話しあった。話しあっているうちに、しだいに具体的になってきた。具体的になるにつれ、熱がこもり、口調は真剣になり、しらずしらずのうちに声が高くなってくる。

いつのまにか、店にお客がひとり入ってきていた。テーブルについたその男、この相談が耳に入ってしまった。面白がって聞いているうちに、はっと気づく。帰るに帰れず、声をあげるわけにもいかない、もじもじしながら、そっと店を出ようとこころみた。

それに気づいた三人、やはりはっとする。

「おい、待て」

「待てとはなんです。こっちはお客ですよ。食事をしようと入ってきたら、お客をほったらかしで、なにか重大なことをご相談のようす。それならよその店へ行こうと、腰を上げたわけですよ。それなのに、待てとはなんです。サービスが悪い。お客にむかって使うべき言葉じゃない。まるで、こっちが無銭飲食かなにかしたみたいだ」

「それぐらいはわかってます。しかし、この場合は事情がちがう。あなたは、聞くべきでないことを聞いてしまったようだ。このまま帰すわけにはいかない」

「絶対によそでしゃべらないと約束しても、だめでしょうな」

と言うお客に、店主は顔をしかめる。

「そのたぐいの約束の守られた前例など、ないようですよ」

「いったい、わたしをどうしたいんだ」

「お気の毒だが、あなたに残された道は二つしかない。ここで死んでもらうか、仲間に加わって共犯者になってもらうかです。共犯者になれば、よそでしゃべらない保証ができる。もちろん、分け前はあげますよ。ひとをただで使うほど、われわれは悪人でない。せっぱつまっての出来心なのです。さあ、どうします」

店主は料理用の大型の刃物を手にし、返答を待った。お客はうなずく。

「仕方ないようですな。とんでもないところへいあわせてしまった。運が悪いとあきらめるほかなさそうだ。殺されてはたまらん。仲間になりますよ」

店主は満足し、刃物をしまう。

「そうこなくちゃいけない。賢明な決断です。われわれも助かる。さて、あなたにはどんな役割をしてもらうとするかな。そもそも、あなたの商売はなんですか」

「金庫の販売をやっています。先日、このさきの商店に金庫を納入したのですが錠があかなくなったという。その故障の修理にやってきての帰り道です。それにしてもひどいことに巻きこまれてしまった……」

「ぐちはおよしなさい。もう決心したはずです。すると、あなたは金庫の錠をあけるのがうまいんですか」

「まあね、それが商売なんですから。特殊な設計のものはべつとして、製造販売されている金庫なら、たいていあけられますよ」

それを聞いて、店主と二人の従業員は、顔をみあわせて話しあう。

「これは心づよい人があらわれてくれた。この才能を使わないという法はない」

「そうですよ。さっきの計画のこそ泥など、収穫がどれくらいあるか、見当がつかない。現金がはたしてあるのやら。壁の絵を持ち出してきても、にせ物かもしれないし。本物だったとしても、どこで売ればいいのかわからず、そんなことから足がついてはつまらん」

「やはり、確実に現金のあるところをねらうべきだ。この近所のガソリンスタンドにでも目標を変更したほうがいい。ああいうところには現金があるはずだ。ねえ、どうです」

意見を求められ、金庫屋は鞄《かばん》からカタログを出し、指さしながら言う。

「ガソリンスタンドには、このたぐいの金庫が多いようです。このお店でもひとついかがです。え、入れる金がない。なるほど、そうでしたね。さて、このたぐいのやつ、わたしがあけるとしたら、五分といいたいところだけど、八分はかかると予定しておいていただかないと……」

金庫屋はあれこれしゃべった。協力的でないと殺されるかもしれないと考えたためだが、話しあっているうちに、しだいにみなの計画に引きこまれてもきた。

こそ泥からガソリンスタンド強盗へと、計画がかわった。顔を見られないよう、そのくふうもしなければならない。しばりあげるためのヒモの用意もいる。相手があばれたらどうするか。相談しているうちに、しだいに勇ましくなり、声も大きくなる。

いつのまにか、またひとりお客が入ってきていた。そのお客は言う。

「サービスが悪いぞ。いいかげんで注文を聞きにきてくれよ」

みな、はっと気がつく。店主は言う。

「あなたは、われわれの話を聞いたな」

「なんのことです。いま来たばかりだ。こんな店の経営なんかに関心ないね」

「いや、話を聞いたはずだ」

「だから、なんのことです。いやに重大なことのようだが、こっちに関係のないことでしょう。ほっといて下さい。くどいね」

「ごまかすな。われわれがガソリンスタンドから金を強奪しようとしている犯罪計画。あなたはたしかに聞いたはずだ」

「そんな相談をしていたんですか。知らなかった。おやめになったほうがいい。悪事がそう簡単に成功するわけがない」

「いまさらあとにはひけないのだ。あなたもこれを聞いたからには、覚悟をきめてもらわねばならない。死ぬか仲間に加わるかだ」

「やれやれ、ひどいはめにおちいったな」

そばで金庫屋が口を出す。

「じつは、わたしもそうなっちゃったんです。こうなったら、もう仕方ない。いっしょにやりましょうや。で、あなたのお仕事はなんですか」

「電気関係の技術者ですよ」

「それなら、防犯用の非常ベルなんかにもくわしいわけでしょう」

「その専門というわけではないが、ひと通りの知識はありますよ。さっき、悪事が簡単に成功しないと言ったのは、その普及を知っているからです」

それを聞いて店主は喜ぶ。

「そりゃあ、ありがたい。じゃあ、あなたの知識を逆用すればいいわけだ。ガソリンスタンドなんかより、もっと金のあるところをねらおう。スーパー・マーケットなんかのほうがよさそうだ。それに計画を変更しよう」

「あぶない、あぶない。スーパー・マーケットには、普通の防犯ベルのほかに、万引防止用の対策がいろいろある。へたすると、すぐにつかまる。だから、しろうとは困るんだ」

「そういうこととは知りませんでした。ぜひご指導下さい。分け前はたくさんあげますから」

店主に頭を下げられ、電気技師はいい気分になる。いまさら帰らせてもらえるわけでもなし、少し教えることにする。

「店内監視用のテレビカメラがあり、これが閉店後は宿直室へ切り換えられます。いながらにして夜警ができるというしかけ。だから油断は禁物。だれもいないと思っていても、すっかり見られている。そして、ボタンを押されると、出入口が自動的にしまったりする。商品のあいだをかくれて歩いたりするのが、最も危険といえましょう。そこでです、それを避けるにはですな……」

話をしているうちに、しだいに本気になってくる。自分の説明を、こうも熱心に聞いてくれる連中など、めったにいない。

「……こうやれば、まず成功うたがいなしです。防犯装置に関してはですがね。ね、あなた、そう思いませんか」

そばの男の肩をたたく。その人ふりむく。

「なんですって。わたしはいま、食事をしにこのレストランに来たんですよ。メニューも出さず、なにやら意見を求めてくる。あやしげなムードだ。警察か保健所へ電話すれば、営業停止だぞ。冗談じゃない」

「待て……」

いつのまにか入ってきたべつなお客と知り、みないっせいに飛びかかる。そして、とりかこみ、仲間に加わるか死にたいかと問いつめる。だれだって殺されたくはない。金庫屋も電気技師も、自分たちと同じ不運な者をふやしたくて、説得につとめる。ここの店主や二人の従業員より、いまや熱心といえた。

かくして、また仲間がふえた。店主はそいつに聞く。

「ご商売はなんですか」

「運送業者ですよ。トラックで荷物を運んでの帰りです。あのトラックですよ。大型の有蓋《ゆうがい》トラックです」

店のそとに駐車してあるのを指さす。金庫屋はそれを見て喜ぶ。

「や、これはいい。あれなら怪しまれることなく、われわれと品物を移動させることができる」

「そんなことより、まず、なにか食べさせて下さい。腹ぺこで頭が働かない」

「これは気がつきませんでした。みなさん空腹でしたな。いま、すばらしい料理を作りましょう。味の点ではよそにひけをとりません。いえ、代金などいりませんよ。われわれは同志なんですから」

店主と従業員は料理を作り、酒もそえて出す。それを口にしながら、いままでの計画を運送業者に打ちあける。運送業者は、しだいにその空気にひきこまれてくる。

「なるほど、大変な計画ですな。しかも、みごとだ。成功しそうで、発覚のおそれもない。どうです。こうなったら同じことです。そのスーパー・マーケットから、品物をごそっと盗もうじゃありませんか。トラックでしたら、わたしの店のをもっと動員しますよ。なあに、電話をかければ、すぐやってきますよ。大丈夫、みな口の固い者ばかりです。いやあ、愉快ですなあ。あくせく平凡な仕事を毎日くりかえしているんですから、たまにはこんなことで気ばらしをしなくちゃあ……」

みないい気になっていると、いつのまにか、すみのテーブルに、二人の客がすわっていた。食事の注文もせず、なにやら話しあっている。いずれも身なりのいい紳士。運送業者が店主に聞く。

「あの二人も仲間ですか」

「いや、知らないまにあそこにやってきた。あいつらをこのまま帰すわけにはいかない。なんの注文もせず、声をひそめているところが怪しい」

そばへ行って言う。

「やい、そこでなにしている」

「なにしているとは失礼な。商談さ。レストランで商談して悪いことはないでしょう」

「われわれの話を聞いたにちがいない」

「とんでもない。聞かれて困るのは、わたしたちの商談のほうだ。ほっといてくれ」

と二人づれの紳士は言ったが、ほかの者たちは承知しない。二人をとりまいて言う。

「いや、そうはいかんのだ。こうなったからには、死ぬか仲間になるかだ。さあ、どうする」

「なんと無茶な。死ぬのはいやだから、仲間になるよ。しかし、われわれの商談についてはほっといてくれ」

「もったいつけやがって。いったい、なんの商談なんだ」

だれかがテーブルの上にあった書類を、さっと取りあげた。そして、それを見てびっくり。どうやら、ひとりは貿易業者で、某国から機関銃などの武器を非合法に仕入れ、他の物品と称して倉庫に保管しているらしい。そして、いい買手の国はないものかと、それをさがしているところのようだ。その書類をのぞいて、運送業者は驚きの声をあげる。

「これはすごい。ただごとじゃない」

貿易業者は言う。

「これだけの秘密を知られたのだから、帰らせてくれてもいいでしょう。あなたがたのことをしゃべらない保証になるでしょう」

「そうはいかない。武器の転売がすめば、そちらはけろりとして、なにもなかった顔をするにちがいない。どうしても共犯者になってもらわなければならない。それから、あなたの仕事はなんなのです」

もうひとりの紳士に聞く。なかなか言わなかったが、おどかしたりし、やっと聞き出す。政治家とわかった。しかし、なかなか大臣になれず、世の情勢に不満を持っている。要職につけないので政治資金が集らず、この武器の密貿易の相談にのり、それをかせごうとしていたところ。

「そんなにまでしても、政治資金をかせぎたいものですかね」

「当然のことだ。わたしの頭のなかでは、社会改革の青写真ができている。一刻も早くそれを実現したいし、社会のためにもせねばならないのだ。ねてもさめても、それを考えつづけ。しかし、思うにまかせず、面白くない。最近はあせりぎみなのだ」

「あやしげな貿易業者と政治家とはねえ。この二人を共犯者に組み込むためには、また犯行計画を変えねばならぬようだ。いままではこんな計画だったのですがね……」

いちおう説明をくりかえす。そのうち気がつくと、みしらぬ青年がそばにいる。

「やれやれ、また変なのがやってきた。どうしてきょうに限って、こんなにお客が多いのだろう」

店主が言うと、青年は答えた。

「むこうの大きなレストランが、店内改装のため、本日休業なんですよ。しかし、なんだか面白そうな相談ですなあ」

「それを知られたからには、ただじゃすみませんよ。いったい、あなたはなにをしているんですか」

「いいですか、ぼくはね、退屈と不平不満を持てあましている青少年グループ友の会の会長です。長い肩書きでしょう」

「ふざけている。そんなの聞いたことがない。うそをつくと、ただじゃすまないぞ」

「本当ですよ。知ってる人は知ってるんだがな。ラジオの深夜放送には、ゲストでよく出ているんだがな。ファンもたくさんいるのに」

青年が言うと、運送業者がうなずく。

「うん、そういえば、カーラジオでこの声を聞いたことがある。夜中によくしゃべってますね。かなり人気があるようだ」

「そうですよ。ぼくが呼びかければ、一万人、あるいは二万人、それぐらいの若者はすぐに集ります。それだけの信用があるんです。ぼくが保証して呼びかけるからには、必ずそこで刺激的な面白いことがおこる。しかし、そのためには調査と判断がいるのですよ。つねに若者の好みと流行の変化を見つめ……」

青年は自慢話をはじめる。電気技師が口を出す。

「変なのがまたも加わってしまいましたねえ。このなんとかグループの青年、政治家、貿易業者、運送業者、金庫屋、それにわたし。人数がふえすぎ、統一がとれなくなった。みなを共犯者にするには、計画を変えたほうがいい。どうです、貿易業者のかた、倉庫の武器を少し出しませんか。強奪の目標を変更しましょう。その政治家の先生、あなたの属する政党本部をねらいましょう。選挙が近いとかで、資金が集っているそうじゃありませんか。金庫いっぱいなんでしょ。それを奪えば、あなただって気分も晴れるでしょう。スーパー・マーケットなんかより、はるかに金があるはずだ……」

その雄大な構想を聞き、店主と従業員、青くなって言う。

「そんな大げさなこと、いやですよ。やめましょうや」

「なに言ってんです。いまさら、あとにはひけない。やめたいやつには、死んでもらうよ。さあ、作戦をねりなおしましょう。まず、各人の受持ちと、その実行予定表を作りましょう。そのへんのテーブルと椅子《いす》を片づけ、床にマジックインキで書きましょう。さて、ここに政党本部があるとする……」

それを見ながら、青年が言う。

「面白くなってきました。ぼくのほうは、何人ぐらい集めましょうか。会の事務所に電話をかければ、すぐですよ。その必要人員と配置を、まずきめましょう……」

それぞれ、こうしたらいい、ああしたらいいと、議論に熱が入る。そのうち、こんなことを言うやつがでる。

「どうせやるからには、いっそのこと、もっとでかいことをやりましょう。わたしに案があります」

またもみなれない人物。そいつに質問。

「いつのまにここへ……」

「わたしは放送局の企画担当者。そこの大きなレストランで定例の打合せ会をやるつもりでいたら、本日休業。そこで紙をはって、ここに来るよう書いておきました。関係者があとからやってきますよ。どんな番組の打合せだと思います。クーデターの理論と実際という、大問題を追究する討論の番組なんです。いまにクーデターの研究評論家というのがくるはずです。きたらとっつかまえ、そいつに知恵を出させましょう」

「それはそれは……」

「局へ電話し、中継車を呼びましょう。ここへ到着したら、とっつかまえておどかし、仲間に入れればいい。いやがるやつが出ても、電気技師がいるから、おぎないもつく。グループ友の会の会長さん、中継車からの放送で、できるだけ人員を集めて下さい。倉庫のほうにね。この段階では、クーデターのことをにおわしてはいけない。運送会社のかたと、貿易業者のかた、武器と人員の移動を受け持って下さい。ちょうどいい、政治家がいるとは。とりあえず、あなたの社会改革の青写真を、当面のスローガンに使いましょう。うまくいけば、あなたが権力の座につけますよ」

政治家、目が輝いてくる。

「うむ。からだに気力がみなぎってきたぞ。同志を呼び集めよう。ここへ呼び、いやだというやつはしばりあげ、賛成の連中を仲間に加える。いちかばちかだ。やってみよう」

店内は活気と熱気にみちてきた。最初にこそ泥を計画した、ここの店主と二人の従業員、いまやふるえあがり、すきを見て逃げ出そうとした。しかし、とっつかまり、この裏切り者と、しばりあげられた。

電話がほうぼうにかけられ、そとからもかかってくる。店内の人数もふえてゆく。もはやすべてが動きだしてしまった。店主と二人の従業員は、口出しすることもできず、どうなることやらと、はらはらしながら見ている以外にどうしようもない。

やつら

砂漠のなかを伸びる一本の道路。おれは同僚とともに車に乗り、そこを走っている。これがおれたちの仕事なのだ。すなわち、おれたちは国境警備隊員。国境にほぼ平行して作られているこの道路を、ある地点からある地点まで、一日に一往復のパトロールをするのがその日常。

隣国とはとくに対立関係にあるわけでもない。まあ友好的なあいだがらといえる。しかし、だからといって、無防備状態にしておいていいものではない。万一ということだってある。一日に一回のパトロールぐらいは必要というものだ。

暑い日ざしのなかの、見わたす限りの砂漠。すれちがう車さえ、めったにない。いささか退屈な毎日だ。平穏こそなによりであり、それでおれの任務がはたせるのだとはいえ、たまにはなにか変ったことでも起って欲しいような……。

そんな気分で車を走らせながら、なにげなく国境側の砂漠に目をやると、遠くになにか動くものがあった。おれは同僚に言う。

「おい、車をちょっととめよう。あそこになにかが動いている」

「蜃気楼《しんきろう》じゃないのか。いつだったか、そんなことがあったぞ」

「そうかもしれない。しかし、念のためだ。よくたしかめよう」

おれは双眼鏡を目に当て、のぞいた。数名の人物が見えた。蜃気楼でない、はっきりした存在のようだった。低倍率の双眼鏡なので、なにをやっているのかは不明だったが、国境線の上、あるいはこちら側の位置らしかった。隣国の国境警備隊なら、それを示す旗を持っているはずだが、それもなかった。おれは同僚に双眼鏡を渡し、たしかめさせた。同僚はうなずいて言う。

「たしかに一団の人物がいる。軍事行動を開始しようとしているのだろうか」

「いや、そんな事態は考えられないな。両国間に緊迫した問題はなにもない。また、かりに戦争をはじめることがあったとしても、まっぴるま、砂漠をのこのこ越えて侵入してくるなんて、どうかしている」

「となると、政治家の亡命か、犯罪者の逃亡のたぐいだろうか。しかし、それもおかしいな。隣国の国境警備隊だって、居眠りしつづけてるわけじゃあるまい」

「密輸業者たちとも思えない。人間だけがうろうろしている。乗り物もなく、荷物らしきものもないようだ」

話しあっても結論は出なかった。しかし、目撃は目撃。おれは車内にある無線で、本部へ報告した。

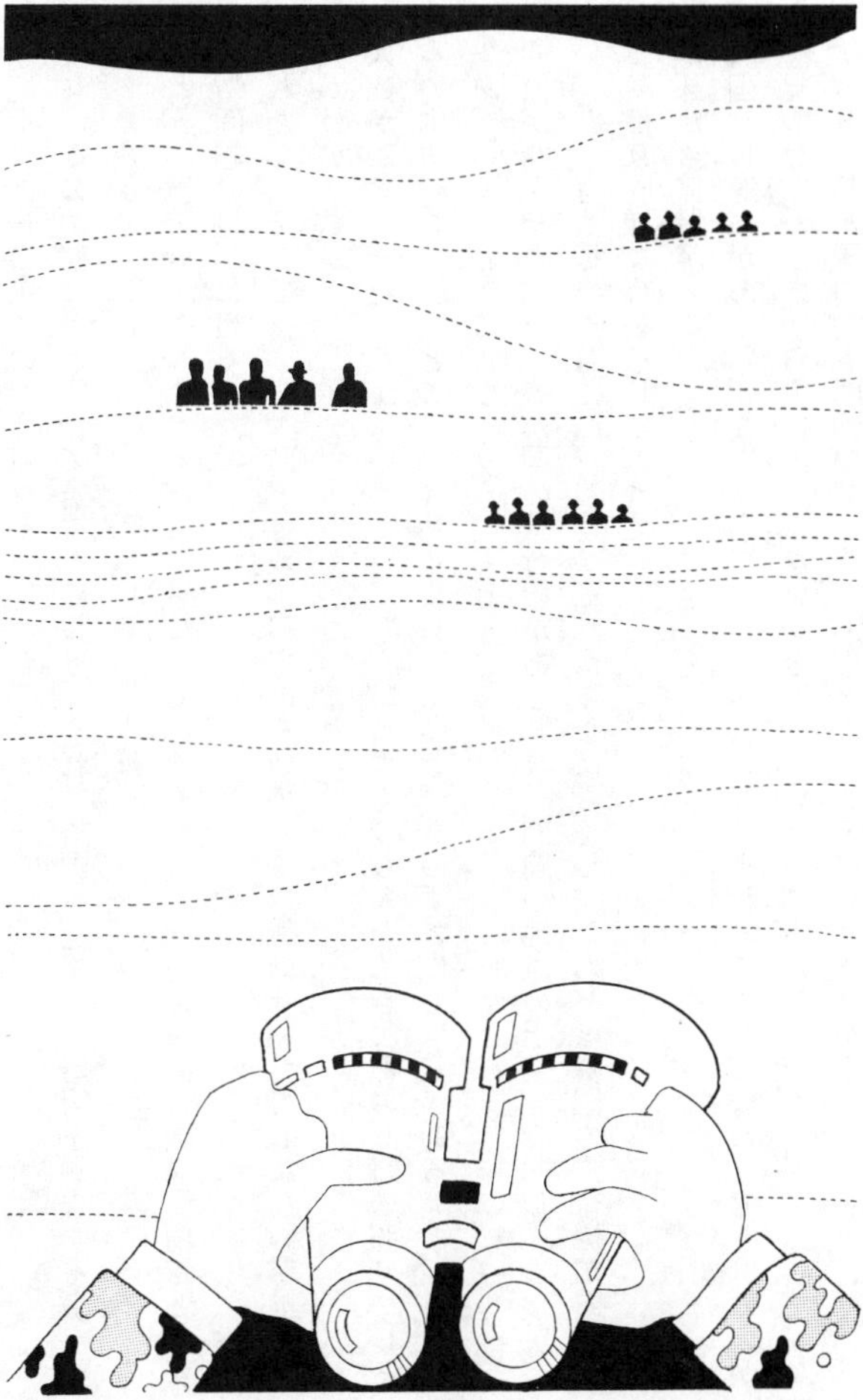

「国境上に人員の動くのを発見……」

「よし、その位置にとどまって監視をつづけてくれ。隣国へ連絡し、事情を調査するよう要求してみる」

それが本部の答えだった。本部はさらに上層部に連絡し、同時に隣国の国境警備隊とも交信し、問題の処理に当るのだ。

おれたちはそこで待った。時どき双眼鏡でのぞいてみる。気のせいかもしれないが、怪しい人かげの人数が、少しふえたようだった。おれは言った。

「人数がふえたみたいだが、いったい、どういうつもりなんだろう。あの、日の照りつける、一本の木すらない暑いところで、動きまわっている。ものずきにもほどがある」

「まあ、いずれわかることだろう。あれを見ろ」

同僚が空を指さした。わが国の飛行機があらわれ、問題の地点の上空を旋回し、また戻っていった。写真撮影をしたのだろう。それからしばらくし、こんどは隣国の飛行機があらわれ、やはり同様な行動をして去っていった。

本部から無電が入る。

「隣国から返事があった。なにも心当りがないという。それどころか、むこうでも例の人かげを見つけ、わが国からの侵入ではないかと疑っていたところだそうだ」

「すると、わが国のでも隣国のでもない連中ということになりますが……」

「そこがふしぎな点さ。隣国の回答が真実ならばね。おそらく真実なのだろう。そこでだ、おたがいに疑いあっていてもしようがない。両国共同で、その正体不明の一団の調査に当ることとなった。わが本部からも、そこへ応援を派遣する。なにか必要なものがあるか」

「そうですね。高性能の望遠鏡がほしいところです。相手の動きをよく見きわめたい」

「わかった。準備しよう」

やがて、おれたちのところへ、本部から武装した隊員たちを乗せた車が到着した。望遠鏡も運ばれてきた。それを地上にすえつけ、さっそくのぞく。双眼鏡よりはるかによく見えた。

連中ははだかに近い姿だった。ぼろきれを身にまとっているといった感じ。顔もよく見えた。耳が大きく、とがっており、その点どこか人間ばなれしていた。背の高さは一様でなく、断言はできないが、男や女、さまざまな年齢のがまざっているようだった。ただし、年少者はあまりいない。共通した特徴は、その顔つきだった。ひとくせありげなというか、凶悪そうというか、いやな印象を与える。胸がむかついてくるようだ。

「なんて人相だ。やつらはなんなのだ」

おれは言った。おればかりでなく、望遠鏡をのぞいた者は、みな交互にそう口にした。かわるがわるのぞいているうちに、夕方となり、観察不可能となった。晴天ではあったが、新月であり、星の光だけではよくわからなかった。探照灯を当てるのは、上からの指示を待ってからのほうがいい。

本部から無電があった。上空からの写真には、たしかに人かげがうつっていたという。しかし、隣国の撮影した写真とくらべると、その人数にちがいがある。時とともに人数がふえたとしか考えられないそうだ。おれがさっき感じたことは、事実だったようだ。おれたちはいやな予感を味わいながら、そこで一夜をすごした。

つぎの朝になると、やつらの人数のふえていることは、だれの目にもあきらかだった。きのうの夕方の倍ぐらいにはなっている。上空をまた飛行機が飛び、その報告がもたらされた。写真によっても、たしかに人数がふえているという。それなのに、地上には乗り物らしきものも、装置のたぐいも、穴のようなものもみとめられない。またレーダー係からの報告では、両国の飛行機以外のものは、昨夜から探知していないという。

わけのわからない事態だった。第一、あのあたりは水も食料もない砂漠のまんなか。倒れて死ぬことはあっても、人数がふえるなど考えられないことだ。まさしく異常なる現象。両国の合同司令部が作られ、さらに軍隊が増強され、その地点を遠巻きに包囲するよう人員が配置された。それにしても、やつら、よくあんな暑い場所で平然と生きていられるものだ。それを考えると、ぶきみさは高まる一方だった。

不意に国境線のむこうの隣国のほうで、砲声がひびいた。徐々に高まる不安のなかで、おびえた兵士が自制心をなくし、命令を待たずに発砲したのだろう。とんでもないことをしやがる。こっちへ飛んできたらどうしてくれるんだ。

しかし、照準は正確につけられていた。弾丸は上方に高く発射され、それから落下する形で、正体不明のやつらの中央あたりに命中し、爆発した。それにつづいて、何発も。やつらのすごい顔つきを望遠鏡で見ていると、弾丸をおみまいしたくもなるというものだ。その心理は、おれにもよくわかる。わが国の隊員たちのなかにも、砲弾を発射したやつがあった。

だが、なんということだ。いちおう砲声がやみ、煙が消えたあとを観察すると、すべてもとのまま。つまり、やつらの人数はへっていなかった。いやな恐怖感が、胸のなかでふくれあがった。やつらは意外にてごわい。簡単に一掃できる相手ではなさそうだ。それを知らされた思いだった。

それに、こっちは攻撃をしかけてしまった。不法侵入者であり、やっつけていい理屈はあるのだが、早すぎたといえないこともない。これを口実に、やつらは反撃に移るかもしれない。合同司令部の指示で、武器の増強がなされた。といってもどんな武器が有効なのか、まるで見当がつかないが……。

しかし、やつらは反撃してこなかった。状勢の変化といえば、やつらの人数が時とともに少しずつふえるという点だけ。わからん。やつらはどこからやってくるのだろう。

上官がやってきて、おれに言った。

「司令部で方針がきまった。まず、できるだけ接近し、偵察してみようというわけだ」

「当然そうすべきでしょう」

「そこでだ、おまえたちに行ってもらうことになった」

「なぜ、わたしたちが……」

　ふるえあがるおれたちに、上官は言った。

「それはだな、おまえたちがこのへんの地理にくわしいからだ。そうびくつくな。砂漠用の高速度の車を用意してある。それへ乗って行けばいい。すでにこのニュースは世界中に知れわたり、不安が高まりつつある。一刻も早く、くわしい報告が必要なのだ」

　見わたす限りの砂漠で地理にくわしいもないもんだが、命令となるとさからえない。おれと同僚は、その車で出発した。スピードを出したものかどうか、迷わざるをえない。ゆっくり進むと、やつらに攻撃されやすくなる。といって、高速で接近したい気分でもない。おれたちは右へ左へとハンドルを切りながら、高速で近づくことにした。

　やつらの集団のそばをかすめ、おれたちはまっしぐらに帰途についた。おれたちはふるえつづけだった。やつらは武器らしいものを持っていない。しかし、できるだけ早くそばを離れたい気分になる。近くで見ると正視にたえないような、すごみにみちた顔つきなのだ。善良そうなのは、ひとりもいない。悪夢のなかにいるようだ。おれたちはその報告をする。

「ぞっとするとしか形容できません。悪意の波をあびせかけられたような感じです。やつら、宇宙から来たのか、異次元から来たのか、その点は不明ですが、いずれにせよ人類にとって、共存できる相手ではありません」

「そうか。しかし、念のためだ。もう一回、偵察を出そう」

それが出発し、戻ってきた。やはり報告は同じだった。近くからの写真も何枚か撮影し持ち帰った。その写真は司令部へ、さらに上層部へと提出された。そのあげく、攻撃命令が下された。まったく、やつらの写真を見ると、だれだって攻撃したくなる。いかなる平穏主義者も、いや平穏主義者であればあるほど、嫌悪《けんお》感をおぼえ、やっつけたくなる。やつらは、そういう印象を与える存在なのだ。

連続的に集中砲火があびせられた。やつらは、あわてふためき苦しんでいるようだ。望遠鏡でそれがみとめられた。ざまあみろという気分。同情心などわいてこない。現物を一度でも見ると、だれだってそんな気分になるはずだ。やつらは、そういう印象を与える存在なのだ。

攻撃が一段落した。こんどこそは全滅したろうと思われたが、やつらの人数は、いっこうにへっていない。あれだけ倒れ、苦しんだようすを示していたのに、死者が出ていないらしいのだ。それどころか、人数がまたもふえているようだ。

攻撃が再開された。上空を飛行機の編隊が通過し、火炎弾、ガス弾、そのほかあらゆるものが投下された。なにかが効果をあげるだろう。やつらは、のたうちまわって苦しんでいる。そこまではたしかなのだが、いっこうに死んでくれない。しばらくたつと、もと通りになってしまう。なぜ死なないんだ。だいたい、水や食料が補給されているようすもないのに、死ないどころか、ますます人数がふえている。

この傾向がつづくとしたら、わが国や隣国だけの問題でなく、やつらが全地球にひろがることになる。それを考えると、はきけがしてくる。上層部でもそれを憂慮したのだろう。おれに命令がもたらされた。

「この異常事態は、ぜがひでも解決しなければならない。そこで、各分野の学者が召集された。彼らに観察させ、適切な対策をたてようというわけだ」

「そうすべきでしょう」

「そこでだ。その学者たちを乗せ、やつらの集団のなかを突破し、隣国側へ突っ走ってもらいたい。そのあいだ攻撃は中止されるから安心していい」

「なんです、またですか。なにが安心です。やつらにつかまったら、どんな目にあわされるかわかったものじゃないでしょう」

青くなるおれに、上官は言った。

「最新型の戦車が用意された。超合金の外側だ。弾薬も充分、火炎放射器もついている。それに、いままでの観察によると、やつらの側にこれといった武器もないようだ。だから、大丈夫といえるだろう」

「命令となると、仕方ありません。人類の危機でもあります。やりましょう」

おれと同僚とは、学者たちを戦車に乗せ、やつらの集団にむかった。おれは偵察の時にも接近しており、反撃されなかったので、恐怖百パーセントという精神状態ではなかった。それに、今回は戦車だ。やつらに近づくにつれ、心のなかに闘志がわきあがってきた。やつらは、そういう印象を与える存在なのだ。

戦車の操縦は同僚にまかせ、おれは武器のほうを担当した。やつらの集団に近づく。学者たちは小窓からのぞいている。出発前は、攻撃するのはどうかと思うなどと言っていた学者たちだが、やつらをまぢかに見るようになると一変した。

「やっつけろ」

と、だれかが叫んだ。強烈な悪意といったものが伝わってきて、反射的にやっつけずにはいられなくなる。やつらとは、そういう存在なのだ。

言われるまでもなく、おれは火炎放射器のボタンを押していた。高熱の火が噴出する。それをあびせられ、やつらは悲鳴をあげ、もがき、のたうちまわる。同僚は戦車のスピードをあげた。やつらは逃げまどいながらも、戦車にふみつぶされる。その瞬間は、だれも胸がすっとするような思いになる。なにしろ、やつらは、そういう印象を与える存在なのだ。

しかし、うしろをふりかえると、意外な光景がそこに展開されている。やつらはばたばた倒れ、砂漠の上に横たわるのだが、まもなく起きあがるというわけなのだ。さっき悲鳴をあげ、苦しんだ姿がうそのように思える。悪夢としかいいようがない。

やつらの集団を突破し、隣国側の戦列にたどりつく。学者たちは戦車からおりたが、みな頭をかかえこみ、ぼんやりとしている。どう意見をのべたものか、見当もつかないのだ。つぶしても焼いても死なないのでは、処理のしようもない。

しかし、学者のひとりが、つぶやくように言った。

「ありゃあ、まるで地獄だ」

彼は宗教学者だった。おれは、うなずきながら応じた。

「わたしもそう思いますよ。まったく同感です……」

おれは自分の意見を話した。最初から観察しつづけていたおれは、しだいにそんな判断を持つようになってきたのだ。どこかの星の住民の死者たち、生存中に悪事をしたやつの死後の送り先として、この地球が選ばれてしまったのだ。すなわち、どこかの星にとっての宇宙のかなたの地獄、それがここになってしまったのだ。

やつらは地獄に送られた亡者たち。だから、すでに死んでいるわけ。いかにやっつけようが、食料や水がなかろうが、もはやふたたび死ぬことはないのだ。

生前に悪を働いた亡者の送り先として、これまで使用されていたどこかの惑星が、一杯になってしまったか、地獄として不適当になったかで、地球があらためて追加されたか選ばれたかしたのだろう。

宗教学者が言った。

「その仮定が当っていそうだな。それ以外に考えようがない。どいつも凶悪そうな顔で、悪意を発散している。うなずける点ばかりだ。しかし、ことだぞ。やつらの人数のふえるのを、とめようがない。発生地の星の住民が善人ばかりになり、悪人が消えてくれればいいのだが、われわれには手のうちようがない……」

「そうなんですよ……」

おれはため息をついた。この地獄においてさんざん苦しみ、罪のつぐないをすませ、消滅するやつが出ないとは限らない。しかし、それよりは増加の率の方が高いだろう。あの亡者ども、ふえつづける一方だろう。凶悪そのものの顔つき、発散する悪意。とても共存できるものではない。われわれは攻撃せずにはいられない衝動にかりたてられる。やつらは、そういう印象を与える存在なのだ。

そこまで考え、おれはからだじゅうの力が抜け、地面にすわりこんだ。ああ、なんということだ。地球が地獄に選ばれたという点は、不運とあきらめられないことでもない。しかし、どうにもがまんのできないのは、われわれ地球人に、亡者をいじめる地獄の鬼の役目を押しつけられたという点なのだ。なんの報酬もなしに……。

解説

和田誠

学生時代に初めて星新一作品に接した。「おーい でてこーい」だった。

この小説の形がまずぼくを驚かせた。その短かさである。それまで「短編」という言葉は知っていたが、その言葉では表わせない字数の小説であった。ショート・ショートという、適当な言葉があることを知ったのは、もう少し後のことなのだ。

そしてその内容が、形式と同様に新鮮なのだった。シンプルではあっても豊かな物語が短い中に詰まっているために、きわめて密度が濃いという印象である。濃縮ジュースのようなもので、うすめて引きのばしても充分通用するのではないかと思われるのに、濃縮のまま提出してしまう思いきりのよさとサービスを感じた。

結末が意外である。「意外な結末」という言い方は、それまで読んでいた犯人当て推理小説における「意外な犯人」と同じみたいだが、この場合の「意外」はそれをもっと超えているのだった。(「奇妙な味」という言葉を知ったのも、やはりもっと後のことである)

星新一を読め、と言ってくれた同級生がいた筈だが、誰だったか忘れてしまったけれど、とにかくこの種の作品をもっと読みたいと思った。「おーいでてこーい」は、もともとSF同人誌の「宇宙塵」のために書かれたものだった。その雑誌は、ぼくは知らない。ぼくが読んだのは「宝石」に転載されたものだったと思う。(若い読者のために蛇足を加えると、この「宝石」は現在の光文社の「宝石」ではなく、宝石社が出していた江戸川乱歩編集のものである)

　そのあと、「宝石」や、創刊されて間もない「ヒッチコック・マガジン」に掲載される星新一作品を次々に読むことができた。ショート・ショートという言葉をぼくに教えてくれたのは、「ヒッチコック・マガジン」であったかも知れない。そして、その頃ぼくは、星新一という名前を何と素晴らしいペンネームだろうと思って眺めていた。SF作家にふさわしいスケールの大きな名前だと思っていたのである。実はこれが本名(正確には親一だが)だと知った時は、もう一度驚いたのだった。名は体を表わすと言うが、正にSF作家になるべくして、その名のもとに生まれてきたような気がする。しかし星さんが作家として出発したのは三十歳の頃。

　初めての作品集が出版されたのは一九六一年である。『人造美人』(新潮社)。今は亡き六浦光雄氏の装幀《そうてい》で、きれいな小型本(新書サイズ)だった。ぼくは今でもこの初版本を大切にしまっている。初めて読んだ一編でたちまちファンになってしまった読者にとって、待望久しき出版だった。一作一作、むさぼるように読んだのは言うまでもない。

今でもそうだが、ぼくの悪い癖は、何か気に入ったものがあると自分でもやってみたくなることだ。高校生の頃、「世界のポスター展」という展覧会が気に入ったので、ポスターを描いてみたくなり、それが現在の職業を選ぶきっかけとなった。その前は長編漫画に挑戦していたし、職を定めてからもアメリカの流行歌ふうの歌を作ってみたくなったりするのだ。『人造美人』を読んだ時はすでにグラフィックデザイナー、イラストレーターとして出発していたのだが、この本のおかげでショート・ショートが書きたくなってしまい、何編か書いてみたりしたのであった。たまたま「宝石」にイラストレーションを描いて、その雑誌の事実上の編集長、大坪直行氏と知り合ったので、たちまちぼくのショート・ショートを持ち込んで読んでもらった。大坪氏はあっさり、「こりゃ使いものにならないよ」と言った。余程ひどいものを書いたんだな、と今にして思う。汗顔。

それからの星さんの本、『ようこそ地球さん』、『悪魔のいる天国』、『ボンボンと悪夢』、『宇宙のあいさつ』、『妖精配給会社』(以上、新潮文庫)を読み続けた。さっき星さんのことをSF作家と書いたけれど、そしてそれが間違いでないことは確かだけれど、サイエンス・フィクションだけを星さんは書いているのではない。たくさんの作品を読んでいると、そういうことに思い当たった。宇宙船が出てくる。宇宙人が登場する。ロボットも出てくる。その点ではSFだが、星さんの作品にはもっと幅広いものがある。悪魔が出る。死神が出る。妖精が出る。サイエンスでなくファンタジーの領域である。犯罪小説の登場人物である筈の、泥棒や殺し屋が出てくる。また、そういうジャンルにこだわることの無意味さにも気づくのだ。古来から伝えられるお伽噺《とぎばなし》や民話にも、多く超自然現象が登場するが、民話を無理にSFだのファンタジーだのと区分けする人はいない。星さんの作品には、大宇宙にとび出すものもあるし、市井の人間の日常だけに終るものもあるが、いずれも、まぎれもなく星新一作品なのである。

ぼくが初めて星さんのショート・ショートに挿絵《さしえ》をつけたのは、一九六四年、「ディズニーの国」のために書かれた「あーん。あーん」であった。児童文学者の今江祥智《よしとも》さんがこの雑誌を編集していて、星さんに児童向けのショート・ショートを依頼した。星さんが子どもを意識して書いた最初の作品だろうと思う。

その頃、ぼくは絵本を作ることに熱中していた。「自分でやってみたくなる」症候群の一つであって、出版社から頼まれないから自費で作ろうと頑張っていた。どうせ作るなら世の中になさそうなものを、と思い、まだ児童向けのものを書いていなかった谷川俊太郎さんに原作をお願いしたりしていたのだ。当然、ファンであった星さんにも原作をお願いしたくなる。一九六四年九月、星さんのお宅を訪ねて、ぼくの絵本のための原稿を依頼した。星さんはこころよく引き受けてくださった。こころよく、というふうに見えたけれども、実際にこころよかったかどうか、実はわからない。なにしろ自費の赤字出版で、原稿料なしだったのだ。雀の涙ほどを払うよりも、逆に失礼でないと思ったこともある。しかし、ちょうどその頃、星さんは原稿料について各出版社と戦っていた最中だったことを、ずっと後に星さんのエッセイで知って恐縮をした。

普通、稿料は原稿用紙の枚数で支払われる。したがって長編なら額が大きく、短編だと小さくなる。ショート・ショートはなお小さくなる。ところが創作の努力はまた別の話で、特に星さんの場合、短編、中編にもなりそうなテーマを数枚に凝縮する。枚数計算では割の合わないタイプの作家である。そこのところを改善するべく、星さんは努力をしていた時期なのだった。

とにかく絵本は完成した。『花とひみつ』。限定版四百部。たった四百部なので、今やこの絵本は珍本の部類に属するだろう。『花とひみつ』はその後『きまぐれ星のメモ』(読売新聞社)や『きまぐれロボット』(角川文庫)に収録されたし、フレーベル館から大型カラー版絵本にもなった。また、岡本忠成さんがアニメーション化して国際的な賞も得ている筈だ。

初対面の星さんに、ぼくは図々《ずうずう》しくも「ショート・ショートを書くコツは何ですか」ときいた。今のぼくは、作家に創作の秘密などどき出そうという厚かましさはない。第一、いきなり作家を訪ねて行くということもしない。ぼくはまだ二十代だったし、ガムシャラでもあったのだろう。その時のことをぼくは『落語横車』という本に書いたので、自分の文章を引用する。

——星さんは無礼な質問だという顔もなさらず面白いことを教えてくださった。「フランスのコントでも江戸小咄《こばなし》でも、何か好きなものがあるでしょう。あるいは週刊誌に出ているコントで、気に入ったものを憶《おぼ》えてもいい。憶えると人に話したくなる。それを話しなさい。たぶん、初めのうちは、人に聞かせて笑わせることはできない。シロウトだから話の間《ま》が悪い。急いで落ちに行こうとする。だから面白くなりません。でも同じ話を二度三度としているうちに、話の間がわかってくる。相手を笑わせることができるようになる。これがコツです」……このお話はなかなか感銘深かった。――

しかし、小咄をうまく話すことができても、ショート・ショートが書けるとは限らない。星さんの話は感銘深かったけれども、これは案外、星さん自身にしか当てはまらないのではないかとも思われる。第一、ショート・ショートを書く方法など、一口で言えるわけがないのである。ぼくも時たま、似顔を描くコツは？　などと質問されることがあるが、不愛想に「練習だけです」とか「コツなどありません」と答えてしまう。星さんも本当はそう答えたいのかも知れない。でも人柄の優しい星さんは、ぶっきらぼうな答をしたくなかったに違いない。それにショート・ショートを書くコツを質問したのはおそらくぼくだけではないだろう。そこでシロウト向きのうまい答え方を用意してあったのではないかしら。

星さんがいい加減な回答をしたと言っているのではもちろんない。小咄の話し方とショート・ショートの関係については、福島正実編『SF入門』（早川書房）の中の「SFをどうかくか」の短編の項でも述べておられる（これは『きまぐれ博物誌』にも収められた）。一方、創作の苦しみについてのエッセイがある。例えば「創作の経路」(『きまぐれ星のメモ』)には「小説を書くのがこんなに苦しい作業とは、予想もしていなかった」「生きているあいだに、あと何回この苦痛を耐えなければならないかと考えると、とても正気ではいられない」などの記述があり、気楽にコントをしゃべるのとはわけが違うぞ、と思わせられる。もっとも噺家がちょいと小咄を語るのだって、気楽に見えれば見えるほど修業時代はつらかったのかな、と思える時がある。星さんの作風もそうで、「とても正気ではいられない」思いで書いているにもかかわらず、苦渋のあとを残していない。それを残さぬ努力が大変なのであろう。

一九六六年に理論社から『きまぐれロボット』が出た。朝日新聞日曜版に連載したものを単行本にまとめたもので、朝日でもぼくが挿絵を描いたが、本文二刷色の大型本にしたので、もう一度全部絵を描き直した。このあたりから、ぼくと星さんの仕事の上でのおつき合いが本格的に始まったのだった。この本は装幀もぼくがやったが、張り切って絵の具を厚く塗った絵を描いてしまったため、星さんからは「長編の装幀のようだね」と批評された。著者としては何気なく言われたのだと思うが、ぼくは本の内容と装幀の関係を考える上で、たいへん勉強になった。

以後、『きまぐれ星のメモ』『盗賊会社』『ほら男爵 現代の冒険』『だれかさんの悪夢』『きまぐれ博物誌』『ちぐはぐな部品』『おかしな先祖』などなど、たくさんの装幀や挿絵を受け持たせていただいた。真鍋博さんに次ぐおつき合いだろうと思う。

仕事をする以上、当然作品を読む。仕事のおつき合いがなかったとしても、おそらくファンであり続けただろうから、やはり読んでいたに違いない。全作品とは言えないかも知れないが、大半のものを読む。そんなふうに読み続けていると、読み手としてもしたたかになってきて、読み始めてすぐ結末を当ててみようかと思ったりすることがある。ところが当たらないのである。つまり星さんは同じパターンの落ちを使わないのだ。これはあの手で落ちるのだろう、と思うと、「落ち」などを超えた、まったく種類の違う寓意《ぐうい》でしめくくられていたりする。「奇妙な味」のその奇妙さが、実に千変万化なのである。それでいて星さんらしい持ち味は、常に変らない。神業とも言えるのではないか。

ぼくがこの解説を書いている時、星さんはちょうど千作目のショート・ショートの構想を練っているところだという。一人の作家が千の作品を書く。これは未曽有《みぞう》のことであろう。星さんがショート・ショートに手を染めて、二十六年目である。千一作目を発表してから、しばらく休憩をするとのこと。そのあとはスローペースでまた書いてゆくそうだ。

聞くところによれば、千一作目にいたる八編を、同時に八誌に発表するという。その八編は順不同である。と言うのは、記念すべき千作目が一誌だけに載るのでは、縁のあったほかの雑誌に悪いという気くばりで、星さんらしい優しさだと思う。

（昭和五十八年七月、イラストレーター）

この作品集は昭和四十七年三月新潮社より刊行された。

星新一著

ボッコちゃん

ユニークな発想、スマートなユーモア、シャープな諷刺にあふれる小宇宙！　日本ＳＦのパイオニアの自選ショート・ショート50編。

星新一著

ようこそ地球さん

人類の未来に待ちぶせる悲喜劇を、卓抜な着想で描いたショート・ショート42編。現代メカニズムの清涼剤ともいうべき大人の寓話。

星新一著

気まぐれ指数

ビックリ箱作りのアイディアマン、黒田一郎の企てた奇想天外な完全犯罪とは？　傑出したギャグと警句をもりこんだ長編コメディー。

星新一著

ほら男爵現代の冒険

〝ほら男爵〟の異名を祖先にもつミュンヒハウゼン男爵の冒険。懐かしい童話の世界に、現代人の夢と願望を託した楽しい現代の寓話。

星新一著

ボンボンと悪夢

ふしぎな魔力をもった椅子……。平和な地球に出現した黄金色の物体……。宇宙に、未来に、現代に描かれるショート・ショート36編。

星新一著

悪魔のいる天国

ふとした気まぐれで人間を残酷な運命に突きおとす〝悪魔〟の存在を、卓抜なアイディアと透明な文体で描き出すショート・ショート集。

星新一著

ありふれた手法

かくされた能力を引き出すための計画。それはよくある、ありふれたものだったが……。ユニークな発想が縦横無尽にかけめぐる30編。

星新一著

妄想銀行

人間の妄想を取り扱うエフ博士の妄想銀行は大繁盛！　しかし博士は、彼を思う女からとった妄想を、自分の愛する女性にと……32編。

星新一著

ブランコのむこうで

ある日学校の帰り道、もうひとりのぼくに会った。鏡のむこうから出てきたようなぼくとそっくりの顔！　少年の愉快で不思議な冒険。

星新一著

人民は弱し 官吏は強し

明治末、合理精神を学んでアメリカから帰った星一（はじめ）は製薬会社を興した――官僚組織と闘い敗れた父の姿を愛情こめて描く。

星新一著

おせっかいな神々

神さまはおせっかい！　金もうけの夢を叶えてくれた〝笑い顔の神〟の正体は？　スマートなユーモアあふれるショート・ショート集。

星新一著

つねならぬ話

天地の創造、人類の創世など語りつがれてきた物語が奇抜な着想で生まれ変わる！　幻想的で奇妙な味わいの52編のワンダーランド。

さまざまな迷路《めいろ》

新潮文庫　ほ - 4 - 27

昭和五十八年八月二十五日　発行
平成十六年三月五日　三十七刷

著者　星《ほし》新《しん》一《いち》

発行者　佐藤隆信

発行所　株式会社　新潮社

郵便番号　一六二―八七一一
東京都新宿区矢来町七一
電話　編集部(〇三)三二六六―五四四〇
　　　読者係(〇三)三二六六―五一一一
http://www.shinchosha.co.jp

価格はカバーに表示してあります。

乱丁・落丁本は、ご面倒ですが小社読者係宛ご送付ください。送料小社負担にてお取替えいたします。

印刷・株式会社光邦　製本・憲専堂製本株式会社

ISBN4-10-109827-1 C0193